ALBERT du BOIS

La
Dernière Dulcinée

POÈME TRAGIQUE

PARIS

ALPHONSE LEMERRE, ÉDITEUR

23-31, PASSAGE CHOISEUL, 23-31

M DCCCCII

La Dernière Dulcinée

ŒUVRES DU MÊME AUTEUR

POÉSIE

PROSE

LES ROMANS DE LA VOIE SACRÉE.

———

———

ALBERT du BOIS

La
Dernière Dulcinée

POÈME TRAGIQUE

PARIS

ALPHONSE LEMERRE, ÉDITEUR

23-31, PASSAGE CHOISEUL, 23-31

M DCCCCII

PRÉFACE

I

ARMI *les raisons qui ont décidé le poète à ne pas vouloir que* la Dernière Dulcinée *s'animât de la vie factice du théâtre, il en est qui tiennent au caractère et à la personne de l'auteur, il en est qui tiennent à la nature de son œuvre.*

Les premières ne concernent absolument que moi-même; les secondes peuvent intéresser tous ceux qui prendront la peine de lire ce poème. C'est pour cela sans doute que les premières seules me fourniraient la matière d'une préface qui aurait quelque chance d'être lue et discutée, à une époque où la Critique semble plus désireuse de juger les hommes que d'apprécier les œuvres et paraît vouloir borner son rôle à se faire l'écho de personnalités qui, démocratiquement, la rendent accessible à l'estimable public des concierges et des cuisinières.

Qu'importe cependant, si tout occupé à essayer de créer des œuvres, je ne trouve point de temps à perdre aux machinations compliquées qui, lorsqu'il s'agit d'un jeune auteur, déterminent les entrepreneurs de spectacles à consacrer leurs capitaux à monter tel ouvrage plutôt que tel autre? Qu'importe si je suis d'avis que le jeu des acteurs n'ajoute quelque chose qu'aux productions d'un art médiocre et si rien ne m'a plus désappointé, par exemple, que de voir comment les artistes du Théâtre-Français comprenaient Hernani et Gringoire, et combien leurs attitudes savantes étaient moins évocatrices que les caractères d'imprimerie sur les pages blanches du livre? Qu'importe si, rendu prudent par l'exemple des Maîtres, qui presque tous, écœurés et meurtris, se sont retirés de ces batailles de la scène — qui ne sont souvent que de vulgaires bagarres — je préfère m'adresser à un public plus restreint et dont je déclare me contenter? Toutes ces raisons ont bien peu d'importance auprès de celle-ci: qu'il m'a plu de faire une pièce injouable — et injouable non seulement parce

que la mise à la scène du cinquième acte est complètement impossible, mais encore — et surtout — parce que,
d'après moi, tous les théâtres présents et passés ayant
envisagé l'essentielle passion d'une façon inexacte,
fausse et conventionnelle, j'ai essayé de faire autrement, et que, dans le monde des gens d'esprit qui
servent de porte-voix au poète, il ne sert à rien d'avoir
pour soi la Raison et la Vérité lorsqu'on a contre soi
le Préjugé et sa sœur cadette la Tradition.

II

Comme dans la vie — je vais vous expliquer ceci —
comme dans la vie, les amants de la Dernière Dulcinée sont profondément antipathiques et haïssables. Ils
sont d'un égoïsme féroce. Ils ne voient que leur désir :
le jeune homme de se livrer à des ébats intimes avec une
jolie fille, la jolie fille de se marier le plus tôt et le
mieux possible. Je dis la chose brutalement et je ne
cherche point à dissimuler l'horreur que m'inspirent les

animaux humains qui m'ont servi de modèles. L'amour, pour les plus généreux, c'est tout simplement l'exaltation de l'égoïsme sous l'appel furieux du sexe qui veut s'assouvir ; pour les plus intelligents, c'est le pouvoir que l'on peut acquérir sur un être relativement inférieur par suite de la trahison de son imagination frappée et suggestionnée.

Il ne m'a pas plu de marcher sur les traces des innombrables hommes de génie qui ont prêté à des créatures idéales des sentiments plus nobles. Je n'ai jamais aperçu Juliette. Je n'ai jamais rencontré Roméo. J'ai parfois vu passer, pâles, et un sourire amer aux lèvres, des Quijada qui avaient voulu perfectionner la Nature — et n'avaient pas consenti à ne voir dans les élans de leur âme, effrayée d'être seule, qu'une manifestation du mystérieux instinct au moyen duquel l'implacable Destinée assure la reproduction de l'espèce. L'implacable Destinée avait été plus forte qu'eux. Il n'est pas permis à l'homme d'échapper à cette fatalité. Tous les rêves sont vains par lesquels on essaie d'ennoblir ce sentiment qui n'est qu'un besoin physique, compliqué parfois d'une aberration mentale.

Cette vérité, qui révolte le Poète, s'impose irrésistiblement à l'esprit du Philosophe.

Les manifestations de l'instinct génital ne consti-

tuent pas, dans la vie réelle, un spectacle que l'on suit d'un œil complaisant. Cet instinct est essentiellement farouche et jaloux. Ses manifestations nous blessent; ses manifestations nous offensent. Nous l'excusons en nous-même, mais il nous déplaît de le retrouver chez nos semblables. Notre geste nous semble aimable, mais quand nous le voyons faire par d'autres il nous semble péniblement affreux.

Et depuis qu'il existe des littératures, on s'efforce de nous intéresser à ce désir de procréer dont sont animés deux êtres que nous ne manquerions pas de haïr si nous les rencontrions sur notre route. Se basant sur ce que, par un étrange malentendu, le « cher lecteur » s'imagine que l'auteur songeait à lui, en évoquant ses amants, les écrivains de tous les temps et de tous les pays se sont toujours fait un doux devoir de prêter à ceux-ci toutes les qualités et toutes les vertus. Ils aimaient, ils étaient aimés : c'était assez! — Et c'eût été assez, en effet, pour que nous nous missions à les regarder avec ces yeux perspicaces de l'aversion auxquels pas un défaut n'échappe, s'ils eussent eu le malheur de traverser notre vie.

J'ai jugé conforme à la vérité de faire voir ainsi les amants de la Dernière Dulcinée. *Je n'en ai pas fait des monstres — je l'espère du moins! — car j'ai eu tant*

de modèles sous les yeux, que, si je me trompais, les
monstres seraient la règle au sein de l'humanité, mais
je n'en ai pas fait non plus des héros. J'ai essayé d'en
faire des hommes. J'ai mélangé dans leurs âmes le
bon et le mauvais. C'est la vie seule, c'est la fatalité
seule qui les fait se blesser l'un l'autre. Dorothée est
gracieuse, spirituelle, coquette; elle se joue sans méchanceté, sans malice, d'un personnage qui a le tort de
se faire illusion sur elle. Quijada est généreux, enthou-
siaste, passionné; mais il a près de cinquante ans,
— défaut suprême! — et il se fait de l'amour une idée
divinement folle, radieusement inepte. Quant à Pablo,
il a toutes les qualités du plus séduisant de nos jeunes
sous-officiers, et s'il n'a pas du génie, il possède ce
qui vaut mieux, peut-être, un solide bon sens et un
esprit très délié.

Il suffit que trois êtres semblables soient mis en con-
tact pour que l'âme joyeuse voie poindre une comédie, et
pour que l'âme amère et triste se sente frissonner d'un
pressentiment tragique.

III

Après cette question de fond, l'auteur croit devoir s'arrêter un instant à une question de détail et, en même temps qu'il justifiera le rôle prêté par lui à Cervantes, faire ressortir ici, une fois de plus, combien incontestable est cette vérité qu'il s'est, le premier, efforcé de démontrer, dans la préface des Rhapsodies Passionnées : *que les œuvres des plus grands poètes sont les témoins les plus éloquents et la preuve la plus convaincante de l'évolution qui affine, élargit et élève l'intelligence humaine. L'ignorance s'obstine à envisager ces œuvres comme les productions parfaites d'une « âme » qui ne peut plus se perfectionner ; mais il est difficile pour tout être qui pense de ne pas voir simplement en elles les manifestations de plus en plus harmonieuses d'un ensemble de facultés de plus en plus puissantes.*

Quelques siècles, ou plutôt quelques dizaines d'an-

nées, suffisent d'ailleurs à rendre presque incompréhensibles, à dépouiller de tout ce qui faisait leur beauté, les œuvres des plus grands génies. L'unique mérite qui leur reste alors, c'est précisément d'être les seuls débris qui surnagent d'une époque entièrement engloutie; c'est d'être les témoins irréfutables de l'intensité croissante de la cérébralité de l'homme.

Une œuvre poétique n'a de beauté que quand elle est jeune et fraîche. Elle se déflore en vieillissant. L'amas des imitations imbéciles, l'évolution des idées qui fait du paradoxe hardi d'hier le lieu commun banal d'aujourd'hui, ont vite fait d'ôter aux productions de l'esprit le charme, la grâce « plus belle que la beauté » qu'elles pouvaient avoir en sortant du cerveau du poète.

Déjà, sans remonter à l'antiquité, les œuvres du naturalisme de 1880 — comme c'est loin! — nous semblent fades, incolores et insipides dans la vulgarité de leur « documentation ». Le romantisme de 1830 nous fait sourire, et le doux Hugo sous-gœthisant aux pieds de son « ange » et le naïf Musset chantant l'imaginaire Andalouse de Barcelone (pourquoi pas la Flamande de Marseille?) ne peuvent plus faire briller la petite flamme bleue d'une émotion que sous le crâne virginal des collégiens.

Le phosphore de nos cerveaux ne flambe que sous le frottement de pensées moins usées.

Quant aux auteurs « classiques », il faut, rien que pour les comprendre, *la science profonde et rare des Brunetière et des Gaston Deschamps. Oui! Corneille, et Racine, et Bossuet ne sont plus accessibles qu'à ces très rares savants, à ces très exceptionnels érudits, capables d'un effort d'imagination qui les reporte dans le milieu pour lequel ces œuvres furent écrites. La langue des écrivains du temps de Louis XIV n'est plus notre langue. Toutes les images qui la rendaient vivante se sont flétries. Les mots sont devenus vulgaires ou ont perdu leur signification. Un gouffre presque infranchissable sépare nos âmes de l'âme de ces hommes. Ils ont connu des espérances et des terreurs différentes de celles qui nous agitent; leurs esprits étaient pleins d'erreurs, de préjugés, de croyances dont nous nous sommes affranchis. Leur œuvre a cessé de refléter notre humanité et ceux qui prétendent s'intéresser à son côté humain et mettre par là ces poètes au-dessus des poètes d'aujourd'hui, le font par préjugé, car en réalité ce côté humain est bien plus vivant dans l'œuvre de ceux en qui chante l'âme contemporaine. Ce côté humain change, se modifie, est essentiellement variable. L'œuvre d'un poète n'a qu'une heure à être vivante et quand elle est morte,*

b

si elle reflète bien l'époque qui meurt avec elle, elle mérite cette récompense suprême de devenir un document historique.

Les héros des poètes classiques sont des hommes et des femmes du XVIIe siècle. En dépit des assertions contraires ils ne sont, ils ne peuvent être que cela. Ils ne nous ressemblent pas plus qu'ils ne ressemblent aux personnages grecs qu'ils sont censés représenter.

C'est là une vérité qui n'est pas faite pour encourager ceux qui aiment à se bercer de l'illusion d'Horace et à se dire :

« Non omnis moriar; multaque pars mei
« Vitabit Libitinam ! »

mais il faut avoir le courage de dédaigner les succès vulgaires et de rechercher la Beauté pour soi-même sans s'inquiéter de la façon dont l'avenir appréciera les Rêves qui charmèrent nos poussières. La beauté passe, la beauté change, la beauté n'est qu'une illusion. Corneille, Racine, Boileau la comprirent autrement que nous et à présent leur beauté est morte et flétrie, car, comme tout ce qui est humain, les rêves des poètes se flétrissent et meurent! Oui! elle est morte, l'œuvre de ces immortels où la stupide ignorance du vulgaire con-

tinue à voir de la vie!... Il est mort, il est bien mort, le
grand Corneille et il ne continue à vivre que parce que
l'on a dit à ce tas d'intelligences incomplètes, incapables
de juger par elles-mêmes : « C'est beau! c'est sublime!
Admirez! » — Il est mort, le divin Racine. Il est mort!
Ses vers ne sont plus des vers; ses vers n'ont plus pour
nos oreilles ni fraîcheur, ni grâce, ni douceur, ni harmonie! Il est mort, l'exquis Fénelon, et de leurs lourdes
pattes, les animaux du « servum pecus » ont écrasé
dans la boue toutes les roses de son style! Il est mort
le sublime Bossuet, et sa philosophie enfantine nous
fait sourire, et ses périodes de simili-Cicéron feraient
hausser les épaules à ceux qui ne connaîtraient pas
l'époque d'emphatique ignorance pour laquelle il les
modula. Ils sont morts! Ils n'ont plus pour sanctuaires
que le cœur de quelques hommes exceptionnellement
instruits et le cœur des crétins de Panurge; leur Beauté
ridée, fanée, flétrie, ne séduit plus que les quelques
hommes de génie qui peuvent la ressusciter dans sa
jeunesse et les pauvres idiots qui ne savent pas ce que
c'est que la Beauté, qui ne savent pas ce que c'est que la
vie dans une œuvre de style et d'imagination, et qui,
devant ces cadavres, répètent stupidement : « C'est beau!
c'est lumineux! Le grand siècle! le grand Corneille! le
divin Racine! Shakespeare, Virgile, Homère!... »

Cervantes est un de ces morts et si, devant son œuvre, le philosophe éprouve une joie semblable à celle du grand Darwin lorsque l'on découvrit l'insecte inconnu dont il avait, au milieu des railleries des « savants », deviné l'existence rien qu'à voir le calice d'une orchidée rapportée d'un pays inexploré — le poète, au contraire se sent envahi d'une tristesse profonde à constater le néant de son art, même entre les mains des plus puissants génies !

Bien que je ne me permette d'avoir une opinion que sur les auteurs que je puis lire dans la langue originale — chose extraordinaire à une époque où les noms d'Homère, de Gœthe, de Shakespeare et de Dante reviennent à chaque instant sous toutes les plumes ! — il est un fait indéniable, un fait dont ma connaissance superficielle de la langue castillane m'a permis de me rendre compte, c'est que le but de Cervantes, but proclamé hautement en cent endroits et atteint d'un bout à l'autre de son livre, ce but a été de rendre don Quichotte ridicule afin de montrer l'influence que peuvent avoir, sur une faible cervelle, les absurdités des romans de chevalerie.

Cervantes a dû atteindre ce but puisque les Espagnols assurent que son œuvre est admirable. Cela n'empêche que l'humanité ayant changé de caractère, les idées

s'étant modifiées, il est arrivé — démonstration évidente de la théorie que j'ai exposée dans la préface des
Rhapsodies et qui a si profondément indigné les admi-
rateurs malgré tout de la beauté cadavérique des chefs-
d'œuvre du passé — il est arrivé que nous ne comprenons plus l'œuvre de Cervantes comme il a voulu qu'on
la comprît. L'influence que peuvent avoir les romans de
chevalerie nous laisse complètement indifférents. (Si l'on
devenait fou à lire des romans ridicules, il n'y aurait
plus au monde que des insensés.) Le héros de la Mancha
est devenu, pour nos âmes moins accessibles à des
joyeusetés un peu grossières, un type de générosité, de
courage hautain, d'indifférence dédaigneuse des réalités
mesquines.

C'est ce don Quiqhotte-là qui est le héros de la Dernière Dulcinée. Il n'a rien — rien absolument — de
commun avec celui que créa le poète espagnol. Je n'ai
rien emprunté à Cervantes pour le créer. « La Foule »,
qui a plus de génie peut-être que les plus grands poètes,
a été ma collaboratrice. C'est elle qui a découvert dans
l'œuvre du poète le héros qu'il n'y avait pas mis. C'est
elle qui s'est imaginé qu'un cœur d'Espagnol ne pouvait
admirer que le geste superbe d'un chevalier des causes
désespérées. Mais ce qu'elle a cru voir dans don Quiqhotte ne s'y trouve pas. Il y a dans ce roman beaucoup

d'esprit (très fin, si j'en crois les bonnes gens d'au delà des monts) il n'y a pas de pitié, il n'y a pas de respect pour le courage malheureux.

Encore une fois ce qui faisait rire Cervantes et ses contemporains, ne nous semble plus du tout grotesque et drôle à nous autres. Hélas! nous parlons d'Art et de Beauté, et d'Immortalité, et le temps que met notre planète à faire quelques centaines de fois le tour du soleil est suffisant pour flétrir la fraîcheur des rêves les plus divins, pour modifier de telle façon l'œuvre d'art la plus parfaite, qu'elle ne provoque plus en nous que des sentiments opposés à ceux voulus par l'artiste et pour rendre au néant nos immortalités.

PERSONNAGES

QUIJADA.

PABLO PÉREZ.

LE CURÉ.

LE DOCTEUR.

CERVANTÈS.

SANCHO PANSA.

DON ESTÉBAN.

DON PEDRO.

JOSÉ.

JUAN.

LE PERSÉCUTÉ.

LE RELIGIEUX.

LE GUERRIER.

L'ARTISTE.

UN GARDIEN.

UN FRÈRE CÉLITE.

DOROTHÉE.

LA FEMME DE SANCHO.

ISABELLE.

BIANCA.

DONA CHRISTOPHORA.

LA MÈRE.

L'AMANTE.

ÉCOLIERS, FIGURANTS, DOMESTIQUES DE SANCHO, MACHINISTES, FRÈRES CÉLITES, GARDIENS, FOUS.

En Espagne, vers 1610.

ACTE PREMIER

L'Implacable Jeunesse

Le jardin du Curé, au Toboso.

Des deux côtés de la scène, des frondaisons d'orangers, de grenadiers, d'oliviers.

Au fond, séparées du jardin par un mur bas, en briques de terre crue, très délabré, les plaines de la Manqha : une campagne d'un brun pâle, coupée çà et là de ravins sablonneux bordés de cactus. Quelques rares buissons de térébinthe et deux ou trois masures, très blanches apparaissent seuls au milieu de cette solitude.

On est en automne ; les arbres sont chargés de fruits.

Au premier plan, à droite, un banc rustique.

La Dernière Dulcinée

ACTE PREMIER

SCÈNE PREMIÈRE

DOROTHÉE, PABLO PÉREZ.

PABLO, *poursuivant une conversation commencée.*
Oui... plus tard... nous verrons... attendons...

DOROTHÉE, *l'interrompant avec dépit et imitant le ton d'hésitation de Pablo.*

« Oui... plus tard...

Nous verrons... » Vraiment tu mentais avec plus d'art
Autrefois!

PABLO.

Je disais, comme aujourd'hui : Je t'aime!

DOROTHÉE.

Alors, épouse-moi!

PABLO.

Mais... tu sais...

DOROTHÉE, *l'interrompant.*

                Ton vieux thème
De faux-fuyants, de « mais », de « plus tard »!...

PABLO.

                     Mes raisons!
Ma carrière...

DOROTHÉE.

       Prétexte!

PABLO.

Et mon père...

DOROTHÉE.

                   Chansons!
Vous êtes riche, et moi je suis pauvre! Inutile
De faire, Don Pablo, des dépenses de style
Pour me dissimuler vos raisons : tout est là!

PABLO, *hésitant.*

Mon père...

DOROTHÉE, *l'interrompant.*

Le Señor Pérez, on sait cela,
Ne vous refuse rien! Rien!

PABLO.

Oh!... Rien!... Il te semble
Meilleur qu'il n'est!

DOROTHÉE.

Allons lui demander ensemble
Son consentement!

PABLO, *embarrassé.*

Mais...

DOROTHÉE.

De suite!

PABLO.

Mais...

DOROTHÉE.

Allons!

PABLO.

Je ne puis pas ainsi... songe que...

DOROTHÉE.

De plus longs
Discours sont désormais sans but, beau capitaine!
Vous m'adorez!

PABLO.

C'est vrai!

DOROTHÉE, *ironique.*

Oui ! la chose est certaine !
Depuis bientôt cinq ans !

PABLO.

C'est vrai.

DOROTHÉE.

Vous n'osez pas,
— Noble cœur ! — me le dire autrement que tout bas !
Le beau monde à Madrid, demanderait : « Qui est-ce,
Cette Doña Pérez ? — Pas grand chose ! la nièce
D'un curé de campagne ! — Est-elle riche ? — Non !
— Bonne famille ? — Peuh ! » Et vous auriez le nom
D'un idiot qui fit au fond de son village
Cette bêtise impardonnable : un mariage
D'amour !

> *Elle va s'asseoir avec dépit. Écrasé sous la dédaigneuse amer-*
> *tume de ses dernières paroles, Pablo demeure loin d'elle, la tête*
> *basse.*

A part.

Quand je serai ta femme, nous rirons !   —
Taquinons-le !

Haut.

Pour moi, nous ne nous marierons
Jamais ! Non ! Tu te dis au fond : Cette petite
Va m'attendre toujours ; n'allons donc pas trop vite !
Personne n'en voudra, sans un maravédis !...
Personne n'en voudra — tu crois !... Ah ! ah !

PABLO, *inquiet.*

Tu dis?

DOROTHÉE.

Rien!

PABLO.

Mais tu semblais...

DOROTHÉE.

Non!

PABLO.

Cependant...

DOROTHÉE.

Ah! Personne

N'en voudra!

PABLO.

Qu'entends-tu par là?

DOROTHÉE.

Rien.

A part, observant, sournoisement, l'inquiétude que trahit le visage de Pablo.

Quelle bonne

Tête!

Haut.

On a vu parfois, des grands seigneurs, mon cher,
Riches, nobles, puissants, généreux, s'attacher
A des filles sans dot! — Des gens d'un certain âge...
Mais très bien conservés!

PABLO.

Qui veux-tu dire?

DOROTHÉE, *à part.*

Il rage.

Haut.

Personne.

PABLO.

Sois sincère et parle sans détours...

DOROTHÉE, *soupirant et se parlant à elle-même.*

Ah! J'aimerais un vieux manoir... avec des tours...

PABLO.

Tu rêves!

DOROTHÉE.

... Pour l'été! — Pour l'hiver au contraire,
Un palais, à Madrid, — pas grand! — Dans la Carrère
San Jeronymo!

PABLO.

Quoi!

DOROTHÉE.

Je rêve!

PABLO.

Mais enfin!...

DOROTHÉE,

Je rêve!

PABLO, *haussant les épaules et riant, un peu inquiet.*

Inventions!...

DOROTHÉE, *ironique.*

Oh! Vous êtes trop fin
Señor, on ne peut rien vous cacher!

PABLO.

Tu te moques!

DOROTHÉE.

Je rêve! — Mais un peu plus tard, mes soliloques
Mystérieux seront aussi clairs que le jour!

PABLO, *s'approchant.*

Je t'aime et...

DOROTHÉE.

Non! Soyons sérieux! Plus d'amour!

PABLO.

Et si je demandais, à ton oncle, à mon père
De...

DOROTHÉE.

Plus tard... nous verrons...

PABLO.

Comment!

Il s'éloigne furieux.

DOROTHÉE, *à part.*

Je l'exaspère !

Ne rions pas !

PABLO, *à part.*

Quelqu'un m'en aurait averti !

DOROTHÉE, *à part.*

Oh ! Si tu n'étais pas le plus riche parti
De la Manqha !...

PABLO, *à part.*

Pourtant... Ah !... c'est qu'elle est gentille
A croquer... avec ses grands yeux sous sa mantille...

Haut.

Ce vieux Don Alvarès, peut-être ?...

DOROTHÉE, *l'interrompant.*

Chut !

*Depuis un instant des clameurs de plus en plus distinctes se
font entendre au loin.*

Ces voix !...

PABLO.

Cela vient des champs !

DOROTHÉE.

Oui...

Ils remontent vers le fond.

DOROTHÉE, *regardant dans la campagne.*

Là!... C'est Quijada! Vois!

PABLO.

Ce vieux fou, que ton oncle héberge dans sa cure
L'illustre Chevalier à la Triste Figure!...

DOROTHÉE.

Comme il court!...

PABLO.

Les enfants du village lui font
Un menaçant cortège... il a du sang au front!...

DOROTHÉE.

Il est blessé... Mon Dieu!...

SCÈNE II

QUIJADA, DOROTHÉE, PABLO, Écoliers. QUI-
JADA *apparaît soudain derrière la muraille du fond. C'est un*
homme d'une cinquantaine d'années qui, physiquement, n'a rien du
type immortalisé par Cervantes. — Il est vêtu de sombre, très
simplement. L'épée au côté. Une écorchure saigne sur son front.

QUIJADA, *à Pablo et à Dorothée, tandis que quelques projectiles,*
cailloux, peaux d'oranges et autres débris tombent sur le théâtre.

Prenez garde !

A un enfant d'une dizaine d'années, très débraillé, qu'il
aide à passer par-dessus la muraille.

Allons, saute !

Enjambant la muraille.

Heureusement que la muraille n'est pas haute !
Prenez garde aux cailloux.

PABLO.

Qu'est-ce donc !

L'ENFANT, *pleurant.*

Hi ! hi ! hi !

La vieille muraille se couronne des figures grimaçantes d'une
vingtaine d'écoliers.

UN ÉCOLIER.

Fou!

UN AUTRE.

Bête!

UN AUTRE.

Brute!

UN AUTRE.

Fou!

QUIJADA, *riant amèrement.*

Suis-je assez bien haï!

PABLO, *faisant un pas vers les écoliers d'un air menaçant.*

Hé bien!

Tous les écoliers, dans une huée, disparaissent derrière le mur.

LES ÉCOLIERS.

Hou!

QUIJADA, *à Dorothée.*

Cet enfant était à se débattre
Au milieu de leur troupe; ils le tiraient aux quatre
Membres; ils le rouaient de coups de bâton!

LES ÉCOLIERS, *reparaissant.*

Hou!

UN ÉCOLIER.

Grand lâche!

UN AUTRE.

Vieux poltron!

UN AUTRE.

Don Quiqhotte!

TOUS.

Vieux fou!

UN ÉCOLIER.

Grand lâche!

PABLO, *aux enfants.*

Vous allez déguerpir! tout de suite!

UN ÉCOLIER.

On n'a pas peur de vous, Pablo Pérez!

PABLO.

Hein? — Vite!

Il court vers eux, enjambe le mur, et tous disparaissent en un sauve-qui-peut bruyant.

QUIJADA, *à l'enfant.*

Pourquoi te battaient-ils?

A Dorothée.

Voyez! Son petit cou
Est tout rouge? — Pourquoi te battaient-ils?

L'écolier, qui a tout le temps semblé plus effrayé par Quijada que par ses compagnons, s'éloigne d'un bond, se met à califourchon sur le mur et crie en faisant un pied de nez et en tirant la langue.

L'ÉCOLIER.

Vieux fou!

Quijada reçoit cette injure avec un sourire contraint, sous lequel on devine une amertume et une tristesse inexprimées.

DOROTHÉE.

Mais ils vous ont blessé!

QUIJADA.

Ce n'est rien!

DOROTHÉE.

Cela saigne!

QUIJADA.

Ce n'est rien!

PABLO, *revenant.*

Je ne sais s'il faut que l'on vous plaigne
Señor!

QUIJADA.

Non!

PABLO.

Vous avez provoqué ces gamins!

QUIJADA.

Ce pauvre être tendait ses deux petites mains
Vers moi!

PABLO.

Vous eussiez dû châtier leur audace!
Il suffisait d'en rosser un! A votre place...

QUIJADA.

Vous eussiez, comme moi, fui devant ces enfants !

PABLO.

Moi ! Fuir ! Je n'ai jamais fui !

QUIJADA, *presque sans ironie.*

Ces airs triomphants
Sont superbes !

PABLO.

Señor !

QUIJADA.

Moi, j'ai moins de noblesse :
Je n'aime pas à triompher de la faiblesse !

PABLO.

Non ! chacun le sait trop ! le Señor Quijada
Préfère s'attaquer à la Sainte-Hermanda,
Délivrer les forçats que mènent aux galères
Les archers du Roi !

QUIJADA.

J'aime à passer mes colères
Sur de plus forts que moi !

PABLO.

Puis aussi, quelquefois
Dit-on, à réciter vos vers, à haute voix,
Aux arbres, confidents discrets, mais durs d'oreille !

QUIJADA.

Oui! Vous me croyez fou! Je le sais.

PABLO, *essayant de protester très faiblement.*

Oh! pareille

Méprise...

QUIJADA, *l'interrompant.*

Est naturelle à ceux qui comme vous
Ont vingt ans, du bonheur, du bon sens! Oui, les fous,
Les insensés, ce sont les champions des causes
Sans espoir, ceux qui vont vers des apothéoses
Illusoires, le front haut, les yeux grands ouverts
Fixés sur le soleil, — et récitant des vers!
Ce sont les Chevaliers Errants qui par les routes
S'en vont seuls, protégeant sans craintes et sans doutes,
Le malheur, la faiblesse et qui marchent tout droit,
Jugeant un noble effort plus beau qu'un geste adroit.
Ce sont ces Paladins oubliés par l'histoire,
Qui rêvent du combat et non de la victoire,
Ces Amants qui, voulant se donner sans retour,
Adorent leur maîtresse à genoux, d'un amour
Auquel rien d'égoïste ou d'impur ne se mêle
Et n'ont qu'un seul désir : se dévouer pour Elle!

DOROTHÉE, *railleuse, bas à Pablo.*

Écoutons!

QUIJADA.

Tous ceux-là sont des fous, c'est le mot!
— Le Señor Cervantes qui n'était point un sot,

2.

Dans un pamphlet qui fait sa fortune et sa gloire
Avec beaucoup d'esprit a conté mon histoire...
Il m'a peint ridicule, absurde, inepte...

PABLO, *entre ses dents.*

Un peu!

QUIJADA.

Et c'est vraiment, pour un artiste, un noble jeu
Que de faire insulter à la foule abusée
Et d'exposer à sa dédaigneuse risée,
A son sarcasme abject, à son mépris brutal,
Le défenseur vaincu d'un rêve d'idéal,
Comme on montrait jadis, à Sparte, un hilote ivre!
Mais la Postérité ne lira pas son livre
Avec le rire de dédain qu'il a voulu!
Un poète, jamais, après qu'il aura lu
Le mensonger récit de mes grotesques luttes,
N'insultera mes maux, ne raillera mes chutes!
Fraternel, il dira, qu'il dut aussi, souvent,
Fondre, la lance au poing, sur les moulins à vent
Des préjugés, de la laideur, de la sottise;
Il dira qu'il savait que le plus fort s'y brise,
Et qu'il a combattu, moins pour être vainqueur,
Que pour lutter, que pour assouvir en son cœur
Cette haine du Mal qui l'inspirait sans trêve;
Il dira qu'il cherchait à fuir, dans un beau rêve,
Le spectacle écœurant de tous ces appétits
Qui font les hommes vils, lâches, laids et petits;
Il dira que son âme est toujours inclinée
Devant une idéale — et vaine! — Dulcinée!

Il dira qu'il préfère, en ce fameux écrit,
L'imbécile héros à l'auteur plein d'esprit,
Don Quiqhotte qui pleure à Cervantes qui rit!
Adieu!

Il sort.

SCÈNE III

PABLO, DOROTHÉE.

PABLO, *éclatant de rire.*

Quel stupide animal!

DOROTHÉE, *riant.*

Il est trop bête!

PABLO, *avec une emphase ironique.*

La Beauté!

DOROTHÉE.

L'idéal!

PABLO.

Le Rêve!

DOROTHÉE.

Le Poète!

PABLO.

Le dévouement!

DOROTHÉE.

L'amour!

PABLO.

Quel oison!

DOROTHÉE.

Quel crétin!

PABLO.

Il est méchant, au fond! Il l'est! J'en suis certain!

DOROTHÉE.

Non! Il est bon! Très bon!

PABLO.

Sa voix, son œil, son geste
Sont drôles! On a tort de s'y fier!

DOROTHÉE.

Il reste
Des heures, dans sa chambre, à composer des vers
Tranquillement.

PABLO.

C'est bien d'un esprit à l'envers!
Pourquoi le traite-t-on toujours de Don Quiqhotte?
Il ne ressemble en rien au portrait!

DOROTHÉE.

L'anecdote
Est peu connue. — As-tu lu le roman?...

PABLO.

Deux fois,

Mais je ne saisis point...

DOROTHÉE.

Voici donc! Autrefois
Cervantes vint chercher dans notre solitude
Du Toboso, le calme et le repos. L'étude,
— L'air de Madrid! — l'avaient à tel point fatigué
Qu'il demeura dix mois ici. Toujours très gai,
Très joyeux, il vivait chez Pansa, l'aubergiste.
Souvent, les deux auteurs, le joyeux et le triste,
Se prenaient de querelle ensemble à propos d'art.
Cervantes n'avait point le renom que plus tard
Il acquit, et les gens naïfs de ce village
Trouvaient en général, plus savant et plus sage,
Leur concitoyen qui, de son ton doctoral,
Aux dépens du « Réel » exaltait « l'Idéal »
Et le « Rêve » et des tas de choses que j'oublie...

PABLO, *qui ne désire pas en entendre davantage.*

Oh!

DOROTHÉE.

Cervantes, plus tard, pour railler la folie
De l'imbécile dont le pathos l'excéda
Peignit, dans *Don Quichotte :* « un certain Quijada »
Comme il le dit, très méchamment dans sa préface.

PABLO.

Je ne les lis jamais!

DOROTHÉE.

Depuis lors, quoi qu'il fasse
Quijada n'est qu'un fou!

PABLO.

Cervantes eut raison!
Il serait plus prudent de le mettre en prison!

DOROTHÉE.

En prison!

PABLO.

Oui! là-bas, chez les frères Célites
Du Toboso! L'asile où les esprits d'élite
Dans le genre du sien, sont mis à l'abri!

DOROTHÉE.

Non!
Non! Il est mieux ici que dans un cabanon
De cette maison morne et sombre. Il est tranquille
Ici. Nul ne l'irrite. Il est calme. L'asile
De ces bons frères est le plus funèbre endroit
Que je connaisse, avec ses hauts murs noirs. J'ai froid
Rien qu'à voir leur grande ombre, au loin, sur la campagne,
Ramper...

PABLO.

J'entends ton oncle.

DOROTHÉE, *regardant entre les branches.*

Il vient!...

PABLO.

Qui l'accompagne?...

DOROTHÉE.

Ton père!

PABLO, *riant.*

Ils sont à se disputer en latin,
Comme toujours!

DOROTHÉE.

Mais non! Ils semblent ce matin,
Parfaitement d'accord, ces inconciliables
Amis!

SCÈNE IV

DOROTHÉE, PABLO, LE CURÉ, LE DOCTEUR.

LE DOCTEUR, *au bras du curé.*

Ça! Grondez-les, Curé! Par tous les diables!

Le curé, scandalisé, lui lâche le bras.

Qu'ont-ils donc à chercher, pour se parler tout bas,
Des petits coins!...

A Dorothée, avec une bonne humeur bourrue.

Hé bien! On ne m'embrasse pas,
Dorothée!

DOROTHÉE, *l'embrassant.*

Avec grand plaisir!

LE DOCTEUR, *au curé.*

Elle est gentille!

DOROTHÉE, *bas à Pablo.*

Ils sont de bonne humeur — tous les deux.

Elle appuie sur ces derniers mots d'une façon significative.

PABLO, *évasivement.*

Oui!

LE DOCTEUR, *à Dorothée, du ton solennel d'un confesseur.*

Ma fille,
Pour avoir arrêté, dans ces obscurs sentiers,
Cet homme, vous direz trois chapelets entiers!
Allez! Ne péchez plus! *Absolvo te!*

DOROTHÉE.

Mon père,
Je vais vite changer de confesseur! J'espère
Qu'un autre appréciant mieux les intentions
Me donnera pour rien ses absolutions!

LE DOCTEUR.

Vous avez donc besoin d'absolution!

DOROTHÉE.

Certe!

Et je dois m'accuser tout d'abord de la perte
Du temps que je consacre à me défendre!

LE DOCTEUR.

Quoi!
Nous perdons notre temps, alors!

DOROTHÉE.

Non! Pas « nous » — moi!

LE DOCTEUR, *riant, au curé.*

Est-elle impertinente!

LE CURÉ, *riant.*

Elle ne craint personne.
Pas même moi!

DOROTHÉE, *bas à Pablo.*

Hé bien! L'occasion est bonne
Pour leur parler!

PABLO, *hésitant.*

Oui... mais...

DOROTHÉE, *bas à Pablo.*

Fais le mort! Reste coi!

PABLO, *à part.*

Pas de dot!

3

DOROTHÉE, *bas.*

C'est très bien, mon cher, je sais à quoi
M'en tenir et plus tard...

Elle lui tourne le dos avec dépit.

PABLO, *à part.*

Ah!... C'est une folie !
Mais ce vieil Alvarès... C'est qu'elle est si jolie...

Il hésite un instant, puis se décide et dit au Docteur :

Notre bonheur... serait... à jamais assuré...
Si... si vous consentiez... et le Señor Curé...
A nous... nous nous aimons...

LE DOCTEUR, *jouissant de son embarras.*

Hé! Hé...

PABLO.

Je vous en prie !...

LE DOCTEUR.

Qu'en dites-vous, Curé? Faut-il qu'on les marie,
Ces enfants qui croyaient nous cacher leurs secrets?
Si nous les punissions un peu, ces trop discrets
Amoureux?

LE CURÉ, *solennellement à Pablo et à Dorothée.*

Au très saint état de mariage,
Si la vocation vous appelle, il est sage
D'y chercher un remède aux révoltes des sens!

LE DOCTEUR, *vexé du peu d'empressement du curé.*

C'est bien heureux vraiment!

LE CURÉ.

Je consens!

LE DOCTEUR, *imitant le ton solennel du curé.*

Je consens!

PABLO.

Merci, Señor Curé!

A son père.

Merci!

DOROTHÉE, *au docteur.*

Merci... mon père!

LE DOCTEUR, *à Dorothée.*

Vous ne changerez plus de confesseur, j'espère!...

DOROTHÉE.

Oh! Non!

LE DOCTEUR, *remis de bonne humeur par la gracieuse coquetterie de Dorothée.*

Pour commencer, que vous racontiez-vous,
A l'instant?

DOROTHÉE.

Nous parlions... de la maison de fous
Du Toboso!

LE DOCTEUR.

Comment! Pour y passer la lune
De miel! Ne mentons pas!

DOROTHÉE.

Non, c'est vrai! Sans aucune
Plaisanterie!

LE DOCTEUR, *au curé qui n'apprécie nullement la plaisanterie.*

Hé bien, nous emploirions mieux qu'eux
Le temps! Hein?...

PABLO.

Nous avions rencontré le fameux
« Don Quiqhotte... »

LE DOCTEUR, *au curé.*

A propos! Comment va le pauvre homme?

LE CURÉ.

Je crois que son état est plutôt pire, en somme.
Il vit, de plus en plus, avec ses chers romans
Sans vouloir profiter de ces trop courts moments
Qu'il lui reste ici-bas, pour amender son âme!
Hier au soir, il lisait encore un livre infâme,
Intitulé *Daphnis et Chloé!* — Dégoûtant!

LE DOCTEUR, *très indulgent.*

Je connais! C'est traduit du Señor Longos.

LE CURÉ, *d'une voix très élevée.*

Tant
D'impudicité, tant...

LE DOCTEUR, *montrant les jeunes gens qui causent ensemble.*

Plus bas!

LE CURÉ.

C'est effroyable!
Je comprends à présent trop bien, comment le diable
S'y prit pour lui tourner la cervelle à l'envers,
Comment il perd sa vie à divaguer en vers!
Des colères du ciel, triste exemple, il expie
Par ses égarements cette conduite impie!

LE DOCTEUR, *riant d'une façon impertinente.*

Ah! Ah!

PABLO, *essayant de s'interposer entre son père et le curé.*

Mon père!...

LE DOCTEUR.

Non! Laissez-moi rire un peu!

LE CURÉ.

De quoi donc!

LE DOCTEUR.

Il vous faut toujours que le bon Dieu
Vienne fourrer son doigt dans nos pauvres machines!

3.

LE CURÉ.

Quoi! Docteur, nierez-vous les vengeances divines?
Abiron et Dathan, Achab et Jézabel?
Punir est juste!

LE DOCTEUR.

Soit! — Se venger est cruel!

LE CURÉ.

Dieu châtie!

LE DOCTEUR.

Il se venge! Il se venge, vous dis-je,
D'après vous!

LE CURÉ.

Le malheur est utile : il corrige!

LE DOCTEUR.

Ce malheur, dites-moi, que peut-il corriger?

LE CURÉ.

Voilà bien l'orgueilleux qui prétend s'ériger
En juge de son Dieu!

LE DOCTEUR.

Mais c'est vous qui vous faite,
De ses intentions le juge et l'interprète,
C'est vous qui prétendez reconnaître son doigt
Dans tous nos maux, c'est vous qui le jugez!

DOROTHÉE, *tirant son oncle par la manche.*

Chut!

LE CURÉ, *se contenant, avec fureur.*

Soit!

DOROTHÉE, *bas au curé.*

Laissez-le!

LE DOCTEUR.

Galien, dans ses Prolégomènes,
Expose clairement les divers phénomènes
Qui provoquent chez nous la folie. Et d'abord
La rate du malade est pleine jusqu'au bord
D'une humeur très épaisse, extrêmement maligne.
C'est là ce qu'Hippocrate appelle « un signe insigne ».
« Insignis! » Il suffit d'un fâcheux accident,
Colère, émotion, surprise, et, débordant,
Ce poison se transforme en lourdes vapeurs noires.
Ces vapeurs, vers le haut, n'ayant point d'exutoires
D'une fumée obscure encrassent le cerveau.
La Science nous dit...

LE CURÉ, *éclatant.*

La Science, c'est beau!
Mais que devient notre âme, et notre conscience?
La Providence, qu'en faites-vous?

LE DOCTEUR.

La Science...

LE CURÉ, *avec véhémence.*

Dieu transforma jadis Nabuchodonosor
En pourceau! Ce qu'il fit, il peut le faire encor!
Il peut, pour châtier l'orgueil de la pensée,
Changer l'âme sensible en une âme insensée!

LE DOCTEUR.

Hippocrate démontre aussi...

LE CURÉ, *l'interrompant.*

Citez les saints.

LE DOCTEUR.

L'embrasement obscur de ces esprits malsains...

LE CURÉ

C'est la puissante voix du vers rongeur!

LE DOCTEUR.

La rate!

LE CURÉ.

Consultez Silvius!

LE DOCTEUR.

Consultez Hippocrate!

LE CURÉ.

Hippocrate est trop vieux!

LE DOCTEUR.

Silvius trop nouveau!

PABLO, *à son père.*

Écoutez-moi!

LE CURÉ.

C'est le remords!

LE DOCTEUR.

C'est le cerveau
Qui s'emplit de vapeurs...

LE CURÉ.

La dextre vengeresse...
Ils parlent tous les deux en même temps.

LE DOCTEUR.

Obscurcissant l'esprit...

LE CURÉ.

Qui le pousse et le presse...

LE DOCTEUR.

Jette une ombre sur tout...

LE CURÉ.

Lui fait voir l'ombre en tout...

PABLO, *s'interposant.*

Señor Curé, mon père, il me semble qu'au bout
De vos raisonnements vous arrivez au même...

LE DOCTEUR.

Absurde!

LE CURÉ.

Sacrilège!

LE DOCTEUR.

Ignorant!

LE CURÉ.

Anathème!

LE DOCTEUR.

Le fanatique est sot!...

LE CURÉ.

L'impie est libertin!

LE DOCTEUR.

Quoi! Mon fils devenir neveu d'un tel crétin!

LE CURÉ.

Quoi! Ma nièce épouser le fils d'un tel impie!

LE DOCTEUR.

Pour oncle ce corbeau, plus bavard qu'une pie!

LE CURÉ.

Pour père ce savant plus âne qu'un grison!

DOROTHÉE, *au curé*.

Écoutez-moi!

PABLO, *au docteur*.

Mon père!

LE CURÉ, *à Dorothée.*

Il a tort.

LE DOCTEUR, *à Pablo.*

J'ai raison!

LE CURÉ.

Quand l'Église a parlé...

LE DOCTEUR.

Quand Galien explique...

LE CURÉ.

Il faut qu'on s'humilie!

LE DOCTEUR.

On se tait!

LE CURÉ.

Hérétique!

Esprit matériel! *Mens in carne lapsus!*

LE DOCTEUR.

Lapsum! Curé! Le neutre est en *um*... pas en *us!*...
Ce *lapsus*... est un...

LE CURÉ, *hors de lui.*

Sortez!

LE DOCTEUR.

Soit!

LE CURÉ.

Je vous chasse!

LE DOCTEUR, *furieux.*

Ne criez pas si fort! Je vous cède la place
Et n'y remettrai plus jamais les pieds!

LE CURÉ.

Tant mieux!

DOROTHÉE, *au curé.*

Mon oncle, écoutez-moi!

PÀBLO, *au docteur.*

Ce n'est pas sérieux
Mon père!...

LE DOCTEUR, *à Pablo.*

Vous verrez!

LE CURÉ, *à Dorothée.*

Non! C'est un hérétique!

PABLO, *au docteur.*

Mon père!

LE DOCTEUR, *à Pablo.*

Quoi! laisser cet ecclésiastique,
Ignorant et grossier m'insulter!

LE CURÉ, *au docteur.*

Faux savant!

LE DOCTEUR, *à Pablo.*

Je ne reviendrai pas, ici!

LE CURÉ, *avec emphase.*

Non!

LE DOCTEUR.

Pas avant
Qu'un vrai miracle — un vrai! — produit par ses prières,
N'ait dans l'esprit du fou mis de telles lumières
Que...

Il hésite, puis se décide.

Oui!... Que... les acteurs de la Zarzuela
Joueront... du « Don Quiqhotte »!

PABLO, *au docteur.*

Et nous!...

DOROTHÉE, *au docteur.*

Songez!...

LE DOCTEUR, *les interrompant.*

Voilà

Mon dernier mot!

DOROTHÉE.

Non... non...

LE DOCTEUR.

Mon dernier, je le jure.

4

PABLO.

Mon père, est-ce sur nous qu'il faut venger l'injure
Qu'il vous fit?...

LE DOCTEUR, *au curé.*

Lorsque vous obtiendrez du Seigneur
La guérison de votre ami, j'aurai l'honneur
De vous faire humblement des excuses... de viles
Excuses!...

LE CURÉ.

Réprouvé!

LE DOCTEUR, *avec une politesse exagérée.*

Vos manières civiles
Sont d'un *demens!...*

LE CURÉ, *hors de lui.*

Sortez!

LE DOCTEUR.

Demens... carne lapsus.
Il sort entraînant Pablo.

SCÈNE V

LE CURÉ, DOROTHÉE.

LE CURÉ.

Vous ne parlerez plus à cet olibrius!

Il se promène de long en large avec fureur, se mouche bruyamment, se bourre le nez d'une prise retentissante. Dorothée froidement l'observe. L'animation du curé fait peu à peu place à une attitude assez confuse.

DOROTHÉE, *avec un calme profond.*

Mon oncle!... Nous voilà bien avancés...

LE CURÉ, *avec un reste de colère.*

Oui, certe!

DOROTHÉE.

Oh! vous vous consolez aisément d'une perte
Qui ne vous atteint pas, vous, — du tout!

LE CURÉ.

Mais enfin
Puis-je souffrir de tels blasphèmes? C'est la fin
Du monde!

DOROTHÉE, *très calme.*

Vous avez brisé mon existence...

LE CURÉ.

Mais non!

DOROTHÉE.

Je le sais trop, cela n'a d'importance
Que pour moi seule!

LE CURÉ, *avec embarras.*

Non!

DOROTHÉE.

Où me trouverez-vous

Un aussi beau parti?

LE CURÉ, *faiblissant.*

Tous ces savants sont fous.

DOROTHÉE.

Allons donc! Avouez vos torts!

LE CURÉ, *essayant d'être goguenard.*

Soit!... Pour te plaire!

J'eus tort.

DOROTHÉE.

C'est un péché capital, la colère.

LE CURÉ, *désarmé.*

Croyez-vous?

DOROTHÉE.

Soyez bon. Écrivez dès ce soir
Au docteur : lui disant que vous voulez le voir,
Que vous regrettez bien cette absurde querelle,
Que plus vous y songez, moins vous trouvez en elle
De raisons de rester brouillés !

LE CURÉ.

Quoi! J'écrirais
A cet hérésiarque! à cet impie!

DOROTHÉE.

Après!
Vous le convertirez! doucement...

LE CURÉ.

Dorothée,
Moi, je lui pardonne!

DOROTHÉE, *joyeuse.*

Ah !

LE CURÉ.

Mais cette âme emportée
A lancé son défi sacrilège au Seigneur!
Mon honneur ce n'est rien, certes! Mais pour l'honneur
Du Très-Haut, déjouant les infernales ruses
De Satan, nous devons exiger des excuses.
Cet homme ayant promis qu'il nous exprimerait
D'une façon, très humble, a-t-il dit, son regret

4.

Le jour où notre ami, sortant de maladie,
Pourra faire jouer un drame... ou comédie...
A Madrid... au théâtre... enfin je ne sais quoi!
Demandons ce miracle au Seigneur, avec foi,
Et si vraiment le Ciel veut votre mariage
Il nous exaucera!

> DOROTHÉE, *essayant de le retenir.*

Pourtant...

> LE CURÉ, *avec majesté.*

Prions!

> *Il sort.*

SCÈNE VI

DOROTHÉE, *seule.*

J'enrage!
J'en fais ce que je veux, sauf quand la question
Touche, ou semble toucher, à la Religion!
Et tout marchait si bien!

SCÈNE VII

DOROTHÉE, PABLO.

PABLO, *apparaissant derrière la muraille qui ferme le jardin du côté de la campagne.*

Pstt!... — Seule?...

DOROTHÉE, *après s'être assurée que le curé s'est éloigné.*

Oui!

PABLO, *enjambant la muraille.*

Dorothée!
C'est horrible! Une barque aussi bien pilotée
Échouer au port!

DOROTHÉE.

Oui!... Mais soyons sérieux.
Ton père est-il vraiment très fâché?

PABLO.

Furieux!
Il tiendra son serment, j'en suis certain.

DOROTHÉE.

C'est grave !

PABLO.

Qu'importe nos parents ! Je les hais ! Je les brave !
Veux-tu ? fuyons à deux ! Allons droit devant nous !...
Nous nous épouserons...

DOROTHÉE, *railleuse, l'interrompant.*

Oui... plus tard !

PABLO, *suppliant.*

A genoux

Je t'en supplie, allons-nous-en... viens !

Il cherche à l'entraîner et profite de l'occasion pour l'embrasser.

Viens !

DOROTHÉE, *le repoussant.*

Sois sage !

Après un instant de réflexion.

Impossible à présent de détourner l'orage
L'un tient à son serment, l'autre tient à son vœu ;
On nous condamne, au nom d'Hippocrate et de Dieu,
A vivre au saint état de célibat.

Pablo fait une grimace de dégoût.

Sois digne !

Imite-moi ! — Je suis calme ! — Je me résigne.

PABLO.

Dorothée, songeuse, ne l'écoute pas.

C'est ton oncle ! Mon père au fond fut très blessé

De son consentement qui n'eut rien d'empressé !
Avec son « au très saint état de mariage
Si la vocation vous appelle il est sage...
D'y chercher un remède... » Un remède !... Voilà !...

DOROTHÉE, *l'interrompant.*

Qu'est-ce que les acteurs de la Zarzuela ?

PABLO.

C'est une compagnie antique et renommée,
Et mon père au hasard ne nous l'a point nommée :
Être joué chez eux, à la Puerta del Sol,
Est le rêve que fait tout auteur Espagnol.
Mais la scène célèbre est presque inabordable ;
Son directeur, don Estéban, est implacable :
C'est un acteur illustre, à bon droit exigeant,
Il faut beaucoup de gloire, ou bien beaucoup d'argent,
Ou de talent aidé par d'habiles manœuvres,
Pour réussir à voir représenter ses œuvres,
Par l'artiste à jamais fameux qui distingua,
Cervantes, Calderon et Lopez de Vega.

DOROTHÉE.

Notre homme n'aurait donc aucune chance ?...

PABLO, *riant.*

Aucune !

DOROTHÉE, *rêveuse.*

Il a cinq mille écus, sa petite fortune,
Dans un coffret en fer qu'il tient toujours bien clos.

La vente d'une ferme et de deux petits clos
De vigne, lui valut cette somme assez ronde.

PABLO.

Qu'importe le vieux fou! Qu'il ait tout l'or du monde,
Qu'importe!

Un instant de silence.

Allons-nous-en!

DOROTHÉE, *songeuse, l'interrompant.*

J'ai lu des vers de lui...
Vraiment pas mal!

PABLO.

Toute œuvre où son génie a lui
Me semble d'un parfait insensé...

DOROTHÉE.

Je l'avoue!
Mais les vers c'est toujours si bête!

PABLO.

Oh! cette moue —
Adorable... je veux...

Il cherche à l'embrasser.

DOROTHÉE, *le repoussant.*

Adore-la de loin.
Laisse-moi réfléchir. Là, reste dans ce coin.

Un silence.

PABLO.

Que faire?

DOROTHÉE, *à elle-même.*

Ce serait une histoire plaisante.

PABLO.

Quelle histoire?

DOROTHÉE, *à elle-même.*

Et ce plan est le seul qui présente
Des chances de succès.

PABLO.

Quel plan? Que dis-tu là?

DOROTHÉE.

Il se fera jouer à la Zarzuela.
Il essaîra du moins!

PABLO.

Qui donc?

DOROTHÉE.

Qui? « Don Quiqhotte! »

PABLO.

Jamais tu n'obtiendras...

DOROTHÉE, *l'interrompant.*

Je connais sa marotte!
Je vais le conquérir... je lui ferai la cour...
Et nous disserterons sur l'éternel amour!

PABLO.

Tu plaisantes!

DOROTHÉE.

Je sais ses phrases favorites :
Il me répétera les choses qu'il a dites
En songe, à ces beautés qui passent dans sa nuit!...

Avec emphase.

Je serai « l'idéal » que son âme poursuit,
Le « cœur » qui comprendra sa triste destinée,
Et je lui répondrai, comme sa Dulcinée
Lui répond dans ses vers. Ah! J'en connais assez!
J'ai parcouru tous les manuscrits entassés
Dans sa chambre, espérant y découvrir des choses
Drôles!

PABLO.

Mais s'il consent, est-ce que tu supposes
Que don Estéban, lui, consentira?

DOROTHÉE.

C'est bon!
Nous verrons le vieux pitre après le vieux barbon!
Celui-ci, bien mené, brisera de lui-même
Tous les obstacles.

PABLO.

Mais...

DOROTHÉE.

Vous voyez qu'on vous aime

Señor!

PABLO.

Mais...

DOROTHÉE.

Puis, d'ailleurs, il n'est que ce moyen.

PABLO.

Mais je serai jaloux!

DOROTHÉE.

Mais je l'espère bien!
Va-t'en! je l'aperçois qui sort du presbytère.

PABLO, *la pressant contre lui*.

Jure-moi d'abord... ma... femme...

DOROTHÈE, *le repoussant*.

Veux-tu te taire!

PABLO.

... Que le vieux du manoir, des tours et du palais,
N'est qu'une invention.

DOROTHÉE, *côquette*.

Ah! vraiment... tu te plais
A le croire... Allons!... va!

> *Elle finit par se débarrasser de lui. Il escalade le petit mur et disparaît.*

SCÈNE VIII

DOROTHÉE, QUIJADA.

DOROTHÉE, *seule, se composant une attitude de méditation rêveuse.*

Le regard dans l'espace...
Le front pensif... le geste las...

Elle laisse pendre la main qui tient un livre à demi ouvert.

Parfait.

Quijada passe dans le fond sans apercevoir la jeune fille. Désappointée, à part.

Il passe!

Haut.

Vous vouliez vous asseoir, señor?

QUIJADA.

Merci!

Il va continuer.

DOROTHÉE.

Du moins

Écoutez-moi... — Ces lieux, tantôt, furent témoins
D'une plaisanterie impertinente et sotte,
Et je tiens à vous dire...

QUIJADA, *l'interrompant.*

Hélas! non! Je radote
Parfois! L'on peut en rire et vous eûtes raison.
Ce jeune homme est charmant d'ailleurs : très beau garçon,
Visage d'Apollon sur un torse d'Hercule,
Avec esprit, il a montré le ridicule
Dont se couvre un vieillard, allant par les sentiers
En récitant tout haut des vers aux oliviers.

DOROTHÉE.

Rien n'est moins ridicule en vérité. Vous n'êtes
Pas un vieillard d'abord, et de plus, les poètes
Jugent bien mieux leurs vers lorsqu'ils sont dits tout haut.
Pourquoi donc vous prétendre un vieillard? Il ne faut
Jamais exagérer!... Croyez-vous qu'une femme
Préfère un beau garçon bien bâti, mais sans âme,
A l'homme dont l'esprit magnifique et hautain
Crée et plane?

QUIJADA.

J'en suis absolument certain!
Un imbécile seul peut douter de la chose!
L'oiseau cherche l'oiseau, la rose aime la rose,
Et la femme toujours se tourne du côté
Où resplendit la grâce, où brille la beauté!
Vingt ans cherchent vingt ans! L'esprit et le génie
Ont bien moins de douceur, ont bien moins d'harmonie

Pour la plupart des cœurs, qu'un front blanc, que des yeux
Purs et profonds, qu'un corps léger et gracieux!
Quand la bouche est vermeille et qu'elle sait sourire
Qu'importe la fraîcheur des mots qu'elle peut dire!
L'âme c'est l'accessoire et le corps vient d'abord!

DOROTHÉE.

Mais plus d'une comprend que les autres ont tort!
Venez. Asseyez-vous ici!... Je dois vous dire
Des choses... Écoutez!... J'étais en train de lire
Des vers...

QUIJADA.

Puis-je voir?

DOROTHÉE, *cachant son livre avec un embarras qui laisse*
soupçonner qu'elle vient de mentir.

Non. Ces vers sont trop méchants!
Ce sont coassements que l'auteur nomme chants...
Mais ils ne charmeraient que la gent batracienne.
Dites-moi de vos vers!... Voulez-vous?

QUIJADA.

Que je tienne
Votre esprit occupé de mes chants, de mes vers,
Tandis qu'autour de nous chante tout l'univers?
Non! Ne demandez pas cela!... La plaine rousse,
Les oliviers d'argent d'où glisse une ombre douce,
Les grands aloès noirs sur le bord du ravin
Sablonneux, ont des voix que l'on défie en vain.
Même quand le poète est Virgile, il n'égale

Pas cette touffe d'herbe où chante une cigale,
En poésie, en grâce, en douceur, en beauté !
Mais je suis solennel comme un âne !... A côté
De vous, cette attitude est vraiment bien choisie !...
J'ai l'air d'un vieux hibou parlant de poésie
A l'alouette.

DOROTHÉE.

Non ! Vous êtes ennuyeux !...
Vous n'êtes ni hibou, ni solennel, ni vieux,
Mais très désagréable avec cette manie,
De toujours, contre vous, tourner votre ironie !...
Vous êtes un pêcheur de compliments !

QUIJADA.

Hélas !
Nul ne m'en fit jamais, et je ne cherche pas
Ce que je suis certain de ne point trouver.

DOROTHÉE.

J'aime
A causer avec vous ! Vous avez un suprême
Dédain pour moi. Je sais. Vous me croyez toujours
L'enfant que vous avez connue en jupons courts,
Ignorante, frivole, étourdie, occupée
De ses chansons, de ses oiseaux, de sa poupée !
Mais j'aurai vingt-trois ans bientôt. Tout a changé !
Je ne suis plus du tout une enfant ! Du tout !... J'ai
Lu, vu, rêvé, pensé. Je suis très différente !...
Et c'est vraiment une chose désespérante :
Je n'ai pas un ami qui s'intéresse à moi !...

QUIJADA.

Pourtant...

DOROTHÉE.

Pas un seul être à qui de mon émoi
Profond, devant la nuit de notre destinée,
Je puisse confier le secret!... Je suis née
Pour souffrir en silence — et je souffre — et j'attend!

QUIJADA.

Je rêve!... Est-ce bien vous, dont le rire éclatant
Est la seule gaîté de ce vieux presbytère,
Qui me parlez ainsi?

DOROTHÉE.

Je dois feindre et me taire,
Je dois, le cœur en deuil, porter la joie au front
Pour ne pas attrister mon oncle. Mais au fond
J'ai bien souffert, allez! Je souffre bien! Je souffre
A songer que je vais vers la Mort, vers le Gouffre
Horrible, sans clarté, sans soleil, sans ciel bleu,
Et que je ne suis pas sûre de trouver Dieu
Dans cet abîme vers lequel la destinée
Irrésistiblement m'entraîne.

Quijada étonné, très ému, s'est écarté d'elle.

DOROTHÉE, *à part.*

Dulcinée

Parle à peu près ainsi!...

QUIJADA, *après un silence.*

Que disiez-vous ?

DOROTHÉE, *très simplement.*

J'ai peur :
Il n'est rien d'éternel en ce monde trompeur ;
Toute lumière laisse une ombre derrière elle ;
A toute joie humaine un mensonge se mêle ;
Pouvoir, Plaisir, Bonheur, tout est illusion...
L'existence apparaît comme une vision
Qui fuit, et dans sa fuite obscure ne nous laisse
Qu'un sentiment affreux de vide et de faiblesse !
Le cœur n'y trouve rien pour combler son désir
D'infini, d'éternel ; rien qu'on puisse saisir,
Conserver, emporter avec soi dans la tombe,
Pour la rendre moins noire à l'heure où l'on y tombe ;
Rien qui dise « à jamais », qui dise « sans retour ».
Qui vaille que l'on vive enfin !

QUIJADA *la regarde, hésite un instant, puis d'une voix
qui tremble un peu.*

Rien. Sauf l'amour
Peut-être !... Oh ! pas l'amour de tous ces misérables :
Pauvres êtres, à l'âme égoïste, incapables,
Tant la vie est pour eux un tumulte indistinct,
D'entendre d'autres voix que celles de l'instinct.
Mais l'amour de ces cœurs éperdus qu'épouvante
L'effroyable néant des choses, et que hante
Le besoin de sentir en eux l'éternité,

L'infini : le besoin d'une Divinité !
L'existence serait digne d'être vécue,
Si deux êtres pareils, chose qu'on n'a point vue,
Se rencontraient dans cet idéal radieux,
Et l'un l'autre, à jamais, se choisissaient pour dieux !
S'ils pouvaient, s'adorant dans leurs faiblesses même,
L'un dans l'autre trouver leur but, leur fin suprême :
Tout leur Bonheur, tout leur Espoir, tout leur Désir,
Et consacrer toute leur force, à se saisir
Dans une étreinte, plus étroite, d'heure en heure.
Alors, ayant compris, qu'il n'est point de meilleure
Extase, qu'il n'est point de plus vertigineux
Bonheur, que le bonheur sacré qu'ils ont en eux,
Ils pourraient, ces amants, en gardant leur sourire,
Se pencher sur la tombe entr'ouverte, et se dire :
Qu'importe que l'on trouve en ce repos hideux
Le Néant, ou l'Enfer, ou le Ciel, puisque à deux
Nous franchirons le seuil de la terrible Porte ;
Puisque nul ne pourra nous séparer, qu'importe !
Tenons-nous bien les mains, enlaçons bien nos bras,
Et maintenant, Destin, fais ce que tu voudras !...

DOROTHÉE, rêveusement.

Posséder l'être aimé tout entier, sans partage,
Chaque jour de plus près, chaque jour davantage...
Il faudrait que l'on fût parfaits pour ne jamais
Se blesser, se lasser l'un l'autre...

QUIJADA.

       Oh ! si j'aimais,

Si je trouvais un jour, sur ma route, une femme,
Comme j'adorerais cet être, dans son âme,
Dans son cœur, dans sa chair, tout entier, sans qu'il ait
De recoin si difforme, ou si noir, ou si laid,
Que mon amour, que ma tendresse ne se penche
Pour essayer, à deux genoux, de rendre blanche
A force de baisers, cette place où le sort
Aurait mis de la fange ou de l'ombre!...

DOROTHÉE.

                            J'ai tort
Peut-être!...

QUÎJADA.

          Mais vraiment! Vous voilà sérieuse,
Grave, pensive, à m'écouter — vous, la rieuse!

DOROTHÉE.

Oui. J'aime à vous entendre ainsi! Vous avez dit
Des choses dont d'abord l'esprit reste interdit...
S'il se pouvait pourtant que ces choses soient vraies?
Et s'il se rencontrait deux âmes enivrées
De ces rêves, de ces beaux rêves lumineux?...
Est-ce d'être si fous qu'ils sont vertigineux,
Est-ce d'être si beaux?... — Qui sait!

          Avec une tristesse et une tendresse profondes, après quelques
     instants de contemplation muette.

                            L'heure est divine...
Tout ce que vous sentez, mon âme le devine...
Le soir vient... Le jour meurt dans le ciel pâle et doux...

Tout ce que vous sentez, je le sens comme vous !
Comme on est las ! Comme on est las ! Comme on est triste !
C'est en vain qu'elle vêt ses cimes d'améthyste,
Et de pourpre, et d'azur, la lointaine sierra...
Tout va pâlir ! Tout va mourir ! Tout s'éteindra !
Les châteaux d'or du soir vont tomber en ruine...
Quelque chose sanglote en moi... l'heure est divine !
Sa beauté me fait mal ! Tout meurt ! Tout meurt ! Tout fuit !
On n'empêchera donc ni la Mort, ni la Nuit !...
Quel est à l'horizon ce vol d'oiseaux qui passe ?
Nobles oiseaux, baignés de l'or clair de l'espace,
Quels sont-ils ? Quels sont-ils... si royalement beaux ?...
Vois !... — Ce sont des corbeaux ! Ce sont de vils corbeaux !
Le Soir vêt de splendeurs et rend les laideurs belles,
Le Soir met à la Mort un peu de pourpre aux ailes ! —
Ne me laissez pas seule en un instant pareil...
Je meurs toujours un peu, lorsque meurt le soleil !..

> *Très ému, Quijada s'est caché le visage dans les mains.*
> *A part.*

Il pleure ! Et ce sont-là ses vers que je lui cite,
En les changeant un peu !...

> *Haut.*

         Parlez ! Dites-moi vite
Des vers ! Des vers de vous !...

QUIJADA

         Non. Je n'oserais pas
Défier le Poète Éternel qui, tout bas,
Prélude dans la paix splendide de cette heure.

DOROTHÉE, *coquette.*

Mais une voix humaine est plus douce et meilleure,
N'est-ce pas, bien souvent, que l'éternelle voix
De la Nature? Mais on préfère, parfois,
Les rêves... de quelqu'un, aux rêves que suggère
L'illusoire chanson subtile et mensongère
Des choses?... N'est-ce pas, on préfère souvent,
A la plainte des hauts platanes dans le vent,
A l'harmonie où meurt un souffle dans l'espace,
Le chant moins vague dans lequel une âme passe!...
Dites-moi de vos vers!

SCÈNE IX

QUIJADA, DOROTHÉE, QUELQUES ÉCOLIERS.

*Quelques écoliers apparaissent derrière le mur. Il marchent à pas
de loup en se recommandant le silence par signes. Au milieu d'eux
est celui que Quijada a secouru.*

UN ÉCOLIER, *à la victime délivrée par Quijada.*

Jette-lui ce caillou!

DOROTHÉE, *coquette.*

Je les aime!...

QUIJADA, *tristement.*

Vous vous moquez de moi!

L'ENFANT, *délivré par Quijada lui lançant une pierre.*

Vieux fou!

Les enfants s'enfuient, se dispersent dans toutes les directions, et on les entend s'éloigner avec des éclats de rire.

ACTE II

Sancho va droit au but!

Une salle dans l'auberge de Sancho Pansa. — Au fond un escalier
montant au premier étage. Une draperie dissimule le vide qui se trouve
sous cet escalier. — Portes au fond et sur les côtés.

6

ACTE II

SCÈNE PREMIÈRE

PABLO, DOROTHÉE.

PABLO.

Hé bien?

DOROTHÉE.

Rien de nouveau!

PABLO.

Ton oncle?

DOROTHÉE.

Se renferme

Dans un silence digne! Et ton père?

PABLO.

Plus ferme
Qu'au premier jour dans sa colère et son refus!
Et Quijada?

DOROTHÉE, *hésitant.*

Mais...

PABLO.

Quoi?

DOROTHÉE.

Je ne sais si je fus
Bien inspirée! Il est si bon, que j'ai dans l'âme
Comme un remords! J'entends une voix qui me blâme
De le tromper, de lui mentir et d'éveiller
Ses pauvres espoirs fous!...

PABLO.

Ma chère, il faut veiller
Sur votre cœur!... Il semble aimer les gens d'un âge...
Mûr!

Tendre et pressant.

Écoute! fuyons à deux! c'est le plus sage!
On devra bien, plus tard... après... nous marier!...

DOROTHÉE, *railleuse.*

Croyez-vous?

PABLO.

Ce vieux fou se fait donc tant prier
A propos de sa pièce?

DOROTHÉE.

Oh! Non!

PABLO.

Alors?

DOROTHÉE.

Je n'ose

Lui parler de cela!

PABLO.

Comment?

DOROTHÉE.

C'est une chose
Étrange, mais je sais, à présent, je comprends
Que c'est lui demander le plus dur, le plus grand,
Le plus cruel, le plus douloureux sacrifice!

PABLO.

Quoi! Se faire jouer?

DOROTHÉE.

Oui!

PABLO.

C'est un grand service
Qu'on lui rend de l'aider à se produire!

6.

DOROTHÉE.

Il est

D'un avis différent. La foule lui déplaît.
Il veut rester obscur, écrire pour lui-même
Ses vers et les garder pour...

Elle s'arrête et feint d'hésiter.

PABLO.

Pour?...

DOROTHÉE, *coquette.*

Celle qu'il aime!

PABLO, *avec dépit.*

Oh!

DOROTHÉE, *éclatant de rire.*

Jaloux!

PABLO, *haussant les épaules.*

Son « amour », c'est toi!

DOROTHÉE, *riant.*

Je n'en suis pas

Encor là!... J'ai pourtant fait quelques premiers pas!

PABLO.

Ah! — Peut-être, après tout, reste-t-il insensible
A tes charmes!

DOROTHÉE, *très coquette.*

Peut-être! Hélas!...

PABLO, *essayant de l'embrasser.*

C'est impossible!

SCÈNE II

DOROTHÉE, PABLO, JOSÉ. *José, un domestique de Sancho, est entré depuis un instant. Pablo, qui ne s'en aperçoit pas, continue à presser Dorothée. José toussant bruyamment tout en feignant d'être très absorbé par son ouvrage.*

JOSÉ.

Hum! Hum!

DOROTHÉE, *effrayée.*

Ah!

PABLO.

Ne crains rien!

DOROTHÉE.

Cet homme!

PABLO, *à José.*

Étiez-vous là ?

JOSÉ.

Non! Non je n'ai rien vu! Je n'ai rien vu!

PABLO, *lui donnant de l'argent.*

Voilà !

JOSÉ.

Merci! Dois-je sortir ?

DOROTHÉE.

Non! restez!

A Pablo.

Il est l'heure
De nous séparer! Va! Pars d'abord! je demeure
Encor quelques instants. Nous ne pouvons sortir
Ensemble de l'auberge.

PABLO.

Hé quoi! Déjà partir!
Mais je t'ai vue, à peine une toute petite
Minute!

DOROTHÉE.

A demain!

PABLO, *suppliant.*

Non.

DOROTHÉE.

Il faut que je te quitte!

PABLO.

Alors reviens ce soir! Demain, c'est tellement
Loin!...

DOROTHÉE.

Ce soir, c'est si près!...

PABLO.

                 Rien qu'un petit moment!
Le temps de se serrer la main et de se dire
Un mot!

DOROTHÉE.

     Mais nous pouvons, sans qu'on puisse en médire
Faire cela sans nous cacher. Rencontrons-nous...

                Elle hésite.

PABLO, *avidement.*

Où?

DOROTHÉE, *avec une naïveté jouée.*

Devant la maison de l'Alcade!

PABLO, *se rapprochant d'elle tendrement.*

               A genoux,
Je veux te répéter que je t'aime!

DOROTHÉE, *lui montrant José.*

                 Prends garde!

PABLO.

Reviens ici, veux-tu, dans une heure!

DOROTHÉE.

Il regarde!

PABLO.

Non!

A José.

José! Viens ici!

JOSÉ.

Señor?

PABLO.

Es-tu discret?

JOSÉ.

Oh!... Lorsqu'on gagne plus à garder un secret
Qu'à le trahir!...

PABLO, *montrant la porte de droite.*

Peux-tu nous ouvrir cette porte?

JOSÉ.

Tout de suite?

PABLO.

Non! Dans une heure; et faire en sorte
Que nul ne vienne ici, nous déranger, pendant
Que nous causerons?

JOSÉ.

Oui! C'est facile!

DOROTHÉE, *bas à Pablo*.

Imprudent!

PABLO, *à Dorothée*.

Écoute! J'entrerai par la salle commune...

Il montre la porte du fond.

Toi, par là.

Il montre la porte de droite.

JOSÉ.

Pour rester seuls, il faudra prendre une
Bouteille du vieux vin que le Señor Pansa
Vend vingt douros!

PABLO.

Merci du bon conseil!

Il lui donne de l'argent.

Prends ça!

DOROTHÉE.

Vite! Adieu!...

PABLO.

Tu viendras?

DOROTHÉE.

Peut-être!

PABLO, *l'embrassant.*

Adieu, mon âme!

Il sort par la porte de droite.

SCÈNE III

DOROTHÉE, JOSE.

JOSÉ, *tout en travaillant.*

Un charmant officier! Et qui rendra sa femme
Fort heureuse. — Très riche! — Il est très riche! — Il a
Beaucoup d'argent, son père! — On dit qu'il empila
Les écus à Madrid, quand il était le Mire
De Monseigneur le Roi. — C'était le point de mire
De bien des beaux yeux noirs que ce joli garçon!
— Et si riche! — si riche!

DOROTHÉE, *agacée.*

Oui!

JOSÉ.

Si riche!

DOROTHÉE, *à part.*

Oh! le son
De cette voix m'agace!

SCÈNE IV

DOROTHÉE, JOSÉ, SANCHO.

SANCHO, *à José.*

    Allons! à votre ouvrage!
Paresseux! Propre à rien!

  Saluant Dorothée.

    Señorita!

   A José.

      Je gage
Que vous avez laissé s'éteindre le fourneau!

  José se précipite pour sortir. Sancho, l'arrêtant :

Allez voir en passant, espèce d'étourneau,
Si ma femme n'est pas occupée, et puis dites
Que je l'attends ici!

SCÈNE V

DOROTHÉE, SANCHO.

SANCHO, *à lui-même.*

Deux engeances maudites :
Les domestiques et...

Il s'interrompt.

DOROTHÉE.

Vous alliez dire ?

SANCHO.

Mais...

DOROTHÉE.

Les domestiques et les femmes !

SANCHO.

Moi ! Jamais !

DOROTHÉE.

Adieu, père Sancho !

SANCHO.

Présentez mon hommage
Au señor curé.

DOROTHÉE.

Bien !
Elle sort.

SCÈNE VI

SANCHO, *seul.*

Oui ! c'est vraiment dommage
Que l'on ne puisse point s'en passer !...

SCÈNE VII

SANCHO, JOSÉ.

JOSÉ.

Elle vient !

Après un instant d'hésitation.

Señor, je voudrais bien, si cela vous convient,
Vous dire deux mots !

SANCHO, *majestueux.*

Soit ! Parlez, mais faites vite !

JOSÉ.

Le Señor don Pablo Perez et la petite
Ont demandé qu'on les laissât, tantôt, ici
Causer tranquillement.

SANCHO.

Et puis ?

JOSÉ.

J'ai dit que si,
Le Señor don Pablo, voulait, au tête-à-tête,
Admettre une bouteille à quinze douros...

SANCHO, *l'interrompant.*

Bête !
Il fallait demander au moins deux écus d'or !

JOSÉ.

Mais je croyais...

SANCHO.

Ces enfants-là n'en sont encor
Qu'à de vagues, qu'à de furtifs préliminaires...
Qui valent dix fois plus... que les prix ordinaires !...

SCÈNE VIII

SANCHO, LA FEMME DE SANCHO, JOSÉ.

LA FEMME DE SANCHO, *une matrone replète à la voix criarde et dont la vivacité contraste avec la lourde lenteur de son mari.*

Vous voulez me parler?

SANCHO, *congédiant José du geste.*

Allez! Vieil innocent!

SCÈNE IX

SANCHO, LA FEMME DE SANCHO.

SANCHO, *majestueusement.*

Permettez-moi de vous rappeler, en passant,
Que l'on me considère, et justement je pense,
Comme un homme de sens!

7.

LA FEMME DE SANCHO, *avec aigreur.*

           Oui ! C'est la récompense
De l'hospitalité, très large, que reçut
Le señor Cervantes en notre auberge !

SANCHO, *suffisant.*

                           Il sut
M'apprécier !

LA FEMME DE SANCHO.

      Gardez, s'il vous plaît votre histoire
Pour d'autres ! Quant à moi, j'ai trop bonne mémoire !
Je me souviens qu'ayant passé dix mois ici,
Composant un « roman » — cela s'appelle ainsi
Je crois ! — quand il fallut payer, ce gentilhomme
Ne put complètement s'acquitter de la somme
Qu'il nous devait. Alors, il vous dit : « Si tu veux,
Mon bon Sancho Pansa, nos arrières-neveux
Répéteront ton nom comme celui d'un sage,
Et d'après toi, je nommerai, dans mon ouvrage,
L'aimable champion du bon vieux sens commun ! »
Et vous, vous, vaniteux comme un âne, comme un
Dindon, pour figurer ainsi dans *Don Quichotte,*
Vous avez de moitié diminué sa note !

SANCHO.

Enfin... laissons cela ! J'ai voulu vous donner
Un bon avis.

LA FEMME DE SANCHO.

Vous commencez à m'étonner !
Vous ! Des avis ! Des bons avis ! Votre sagesse
Vous étouffe ! Il vous faut à tous faire largesse
De votre sens commun ! Allons, soit, débordez !

SANCHO.

Ce sens commun, qu'avec peine vous m'accordez,
M'a fait trouver que si, depuis une semaine,
Le señor Quijada ne vient plus — phénomène
Etrange — converser avec nous chaque soir,
Et dans son vieux fauteuil, au coin du feu, s'asseoir,
C'est...

LA FEMME DE SANCHO, *l'interrompant, visiblement agacée
par le ton sentencieux de son mari.*

C'est qu'il trouve mieux que votre compagnie !
Qu'un plus malin que vous, flattant mieux sa manie,
Votre espoir de lui faire instituer pour seul
Héritier notre fils Alonso, son filleul,
Est un espoir qu'il faut oublier !

SANCHO.

Bien ! J'approuve
Vos conclusions et...

LA FEMME DE SANCHO, *les poings sur les hanches.*

Et ?...

SANCHO.

Mon sens commun trouve

Qu'il faudrait essayer, par un petit présent,
D'amadouer ce bon « Don Quiqhotte ».

LA FEMME DE SANCHO.

A présent
Que vous avez fini, car vous avez, je pense,
Fini?

SANCHO.

J'ai fini!

LA FEMME DE SANCHO.

Bon! Toute cette dépense
De sens commun ferait pleurer le Toboso.
Vous seul semblez ne pas savoir que d'Alonso
Il n'est plus question.

SANCHO.

Comment!

LA FEMME DE SANCHO.

Qu'une nouvelle
Fantaisie a conquis le cœur et la cervelle
De son parrain... « l'amour! »

SANCHO.

Quel amour?

LA FEMME DE SANCHO.

Quel amour?
En connaissez-vous deux, vous? — Il fait une cour
Effrénée à... — Cherchez!

SANCHO.

Qu'est-ce que cette histoire?

LA FEMME DE SANCHO.

La nièce du curé!

SANCHO.

Qui?

LA FEMME DE SANCHO.

La chose est notoire!
Elle n'a pas en dot un seul maravédis
Et cherchait un mari!

SANCHO.

Vous rêvez!

LA FEMME DE SANCHO.

Je vous dis
Ce que depuis trois jours chacun tout haut raconte!

SANCHO.

C'est une invention! C'est une histoire! Un conte!
Une fable!

LA FEMME DE SANCHO.

Rien n'est plus certain et plus clair.

SANCHO.

Elle est folle du fils Perez.

LA FEMME DE SANCHO.

Elle en a l'air.
Elle aura dû se contenter, — la chose arrive,
Mon cher! — du vieux serin pris à défaut de grive!

SANCHO.

Mais ils ont, tout à l'heure, un rendez-vous ici.

LA FEMME DE SANCHO.

Les choses de tout temps se passèrent ainsi!
Le jeune c'est le Rêve, et le vieux c'est la Vie.

SANCHO.

Il faut agir!

LA FEMME DE SANCHO, *ironique.*

Il faut agir!

SANCHO, *après un instant de réflexion.*

J'ai bien envie
D'avertir Quijada! C'est dans son intérêt!...
Il serait... malheureux.

LA FEMME DE SANCHO.

Certes qu'il le serait!

SANCHO.

Le pauvre homme! Je vais l'avertir au plus vite!

JOSÉ, *annonçant.*

Le señor Quijada!

SANCHO, *à José*.

Qu'il vienne !

A sa femme.

Une visite
Opportune ! Je vais l'éclairer !...

LA FEMME DE SANCHO.

Sois adroit !

SANCHO.

Non ! Je préfère aller droit au but, moi ! Tout droit !...

S C È N E X

SANCHO, LA FEMME DE SANCHO, QUIJADA.

QUIJADA.

Bonjour, Sancho ! qui, comme un écuyer fidèle,
Sur ton sage grison, suivant ma haridelle,
Timidement, jadis, prenais parti pour moi,
Lorsque je combattais, plein d'ardeur et de foi,
Les mauvaises raisons qu'entassait un sceptique

Railleur, pour ébranler ma confiance antique
Dans un noble idéal par lui si détesté,
Qu'il voulait l'arracher des cœurs !... Je suis resté
Bien longtemps sans venir écouter tes proverbes !

SANCHO.

Oui ! J'étais inquiet !... Ma femme a de superbes
Oranges qu'elle veut vous offrir.

LA FEMME DE SANCHO, à *Quijada*.

Vous semblez
Souffrant.

QUIJADA.

Non.

LA FEMME DE SANCHO.

C'est la fièvre ! On voit que vous tremblez.

QUIJADA.

Ah ! l'on deviendrait fou, je crois, à toujours vivre
Au sein d'un rêve qui vous fait marcher comme ivre,
Sous le rayonnement de sa rouge splendeur.
Fou, de se croire grand de toute sa grandeur,
De croire posséder la beauté qu'il révèle,
De croire qu'elle rend l'amour qu'on a pour elle !

SANCHO.

Oh ! L'amour n'est jamais réciproque ici-bas !...
N'est-ce pas, femme ?

LA FEMME DE SANCHO.

Non, jamais!

QUIJADA, *se parlant à lui-même.*

Dans les combats
Pour gravir les sommets que nous montre ce rêve,
Il faut bien quelquefois à l'assaut faire trêve,
Et venir habiter parmi les hommes.

SANCHO, *bas à sa femme.*

Non!
Sa maîtresse et son vieux docteur en droit canon
Sont des anges et nous, tu l'entends, nous ne sommes
Que des êtres grossiers et communs.

LA FEMME DE SANCHO.

Que des hommes!
Parle-lui!

SANCHO, *à Quijada.*

Je voudrais dire un mot... d'un projet
Que l'on vous prête.

QUIJADA.

Eh bien, dis-le!

SANCHO.

C'est un sujet
Très délicat, très épineux, très difficile...

8

Aussi je vais parler net, comme un imbécile,
Comme un rustaud vulgaire, indiscret, qui, tout plat,
Avec naïveté met les pieds dans le plat.
On dit que vous allez vous marier !

QUIJADA.

                    Peut-être !

On ne sait pas !

SANCHO.

        Je vais, moi, vous faire connaître
Le noble et large cœur, qu'à tous vous préférez !
D'abord, elle a pour amoureux Pablo Pérez !...

QUIJADA, avec une grande indifférence.

Vraiment ! Et puis ?

SANCHO.

        Et puis ? Comme l'autre, pas bête,
Ne consentirait pas à lui prêter sa tête,
Elle veut vous avoir pour mari !

QUIJADA.

               Vous mentez !
Ce sont vos sentiments abjects que vous tentez
De prêter à la noble enfant... Mais je vous laisse !

LA FEMME DE SANCHO, bas à Sancho.

Vous allez droit au but !

SANCHO, à Quijada.

           Ma franchise vous blesse !

Je vous prouverai tout, tout, puisque vous doutez!
Et vous aurez la preuve ici même — écoutez! —
Que son cœur appartient à l'autre!

QUIJADA, *très dédaigneusement.*

C'est possible!

SANCHO.

Vous comprendrez alors qu'il soit inadmissible
Qu'elle vous aime!

QUIJADA.

Soit! — Elle me le dira
Quand je demanderai sa main!

SANCHO.

Elle n'ira
Pas vous montrer le fond de son sac! Fou, qui compte
Sur ce qu'on nomme « honneur des femmes! »

QUIJADA.

J'aurais honte
D'écouter plus longtemps de tels propos. Adieu!

SANCHO, *arrêtant Quijada.*

Non! je veux vous prouver qu'elle se fait un jeu
De vous. Qu'elle se moque, et vous trompe, et vous leurre!
Comprenez donc! Ils ont, elle et lui, tout à l'heure,
Un rendez-vous ici.

QUIJADA, *essayant de se dégager.*

Laissez-moi!

SANCHO.

Cachez-vous
Derrière ce rideau. Vous entendrez les fous
Rire de votre amour qu'ils raillent et bafouent,
Et vous verrez alors comment tous deux se jouent
De vous.

QUIJADA.

Je vous ai trop écouté. C'est assez!

SANCHO.

Señor!

QUIJADA.

Ah! taisez-vous, enfin! Vous dépassez
Les bornes de ce qu'on pardonne à l'ignorance
D'un cœur simple et grossier.

SANCHO.

Mon but, mon espérance
Était de vous servir...

QUIJADA.

Que vous me proposiez
Une lâcheté, soit!

SANCHO.

Mais...

QUIJADA.

Que vous supposiez
Qu'un gentilhomme peut, comme le premier drôle
Venu, jouer l'infâme et ridicule rôle
Du valet qui se cache à l'affût d'un secret,
Soit! Et vous me jugez d'après vous!

SANCHO.

Je suis prêt
A prouver...

QUIJADA, *l'interrompant.*

Mais, prêter vos sentiments vulgaires
A cette enfant... Calomnier!... Je ne veux guère,
Que l'on puisse, un instant, croire que j'ai prêté
L'oreille à vos discours.

LA FEMME DE SANCHO, *bas à Sancho.*

Ah! Vous avez été
Droit au but, imbécile!

SANCHO, *arrêtant Quijada.*

Un moment! Je veux rendre
Au Señor Quijada, s'il consent à m'attendre,
Ce manteau qu'il laissa, par oubli, l'autre soir!
Je vais revenir...

QUIJADA.

Bien!

SANCHO, *bas à sa femme.*

Jacasse!... Tu vas voir!

Il sort.

8.

SCÈNE XI

QUIJADA, LA FEMME DE SANCHO.

LA FEMME DE SANCHO, *le cœur plein de son sujet.*

C'est malheureux! C'est très malheureux! Je suis triste
De ce manque de tact. Je pense qu'il n'existe
Aucun homme ayant moins de tact que mon mari!
Croyez qu'au fond du cœur l'imbécile est marri!
C'est sottise et non pas méchanceté! Plus bête
Que méchant! Bon cœur, oui, mais pas l'ombre de tête!
Aussi bête que laid, et Dieu sait s'il est beau!

SCÈNE XII

QUIJADA, LA FEMME DE SANCHO, SANCHO,
Trois Domestiques de Sancho.

SANCHO, *bas aux domestiques.*

Chacun de son côté! Bon!

A Quijada.

Voici le manteau!

Permettez!

Il le lui place sur les épaules.
Aux domestiques.

Maintenant!

Les domestiques, profitant de ce que Quijada est empêtré dans les plis du manteau, lui saisissent les bras, le garrottent.

QUIJADA.

Hé bien! Qu'est-ce?

SANCHO, *respectueux.*

On vous lie,
On vous bâillonne.

On noue un foulard en soie sur le bas de la figure de Quijada.

LA FEMME DE SANCHO.

Quoi!

SANCHO.

D'une façon polie

Et douce!

A un domestique.

Ce fauteuil!

On assied Quijada dans le fauteuil, on l'y attache solidement, mais sans brutalité.

Là!.Vous pourrez tout voir,
Tout entendre!

Aux domestiques.

Surtout qu'il ne puisse mouvoir
Ni les pieds, ni les mains.

A Quijada.

Señor, je crois vous rendre
Un service éclatant. Vous pourrez tout entendre
Derrière le rideau. Vous serez aisément
Convaincu, que, jamais, Sancho Pansa ne ment
Et que...

Aux domestiques, leur montrant l'enfoncement sous l'escalier et leur indiquant d'y transporter le fauteuil sur lequel se trouve Quijada.

— Là! —

A Quijada.

... si je suis une brute grossière,

Je rends du moins service aux gens à ma manière!
Un peu brutale, un peu rustaude!

Bas à sa femme, triomphant.

Qu'en dis-tu?

LA FEMME DE SANCHO.

Mais... que tu risques d'être affreusement battu!

SANCHO.

Cela peut réussir!

LA FEMME DE SANCHO.

Sans doute!

SANCHO.

Mon amie,
Les gens que l'on contraint à faire une infamie
Dont ils tirent profit, sont indulgents! Crois-moi!

LA FEMME DE SANCHO.

C'est possible, mais c'est hasardeux!

SANCHO, *aux domestiques.*

Allez!

A José.

Toi,

Reste ici pour ouvrir à la fille!

LA FEMME DE SANCHO, *à José.*

Et ne souffle

Mot!

SANCHO, *à José.*

Surtout sois muet! Est-ce compris, maroufle?

Sancho et sa femme sortent.

SCÈNE XIII

JOSÉ.

Maroufle! Est-ce compris? Ne souffle mot! Non, non!
Nous verrons!

*Frappant sur l'argent qui se trouve dans la bourse que lui a
donnée Pablo.*

Vingt douros! Tu grossiras, mignon!
On frappe! Allons!

Il va ouvrir la porte de droite.

SCÈNE XIV

DOROTHÈE, JOSÉ.

DOROTHÉE.

Bonsoir! Et je suis la première!
Est-ce qu'on ne pourrait avoir plus de lumière?
Il fait trop noir ici...

JOSÉ, *bas.*

Chut! — Venez! —
Il l'emmène à l'écart d'un air mystérieux.
                              Le Señor

Quijada... là... caché...
            Haut.
                  Mais c'est qu'il fait encor

Très clair!
      Bas.
      Chut!

DOROTHÉE, *bas.*

Comment?

JOSÉ, *bas.*

Là... sous l'escalier... derrière
Ce rideau...

DOROTHÉE.

Quoi!...

JOSÉ, *bas.*

Pour vous écouter!

Haut.

La lumière
Cela coûte très cher!

DOROTHÉE, *haut.*

Bien! Mais on vous rendra
Cela!

JOSÉ, *bas.*

Tout ce que vous direz, il l'entendra!
Haut, apercevant Pablo Perez qui entre par la porte du fond.
Ah! Le Señor Perez!

PABLO, *à José.*

Laissez-nous!

José sort.

SCÈNE XV

DOROTHÉE, QUIJADA, *caché*, PABLO.

PABLO, *allant vers Dorothée les mains tendues.*

Dorothée!

DOROTHÉE, *essayant de lui faire comprendre par signes ce qui se passe.*

Vous devez me juger... Señor... très... effrontée...
Pour m'être ici rendue... alors que je savais...
Vous y rencontrer...

PABLO.

Quoi? Mais...

DOROTHÉE *bas.*

Silence! Je vais
Tout t'expliquer!

PABLO.

Parlez!

9

DOROTHÉE.

J'ai bien reçu... la lettre
Où vous me demandez, Señor, de vous permettre
De demander ma main à mon Oncle...

PABLO.

Mais...

DOROTHÉE, *l'interrompant vivement.*

Non !

Non Señor ! Cet honneur de porter votre nom
Je ne puis désormais l'accepter...

PABLO.

Quoi ?

DOROTHÉE, *embarrassée.*

Peut-être
Si vous m'aviez plus tôt, ou moins tard, fait connaître
Vos sentiments... qui sait !... — Mais je dois maintenant
Vous parler de façon différente, et, tenant,
A ce qu'entre nous deux, désormais, ne subsiste
Qu'une franche... amitié... désirant qu'il n'existe
Aucune erreur...

PABLO.

Enfin !

DOROTHÉE.

... aucun malentendu...
Je suis venue ici...

PABLO.

Je veux être pendu!...

DOROTHÉE, *l'interrompant.*

Señor, je vous en prie et n'ai point l'habitude
D'un langage qui, bien que je ne sois pas prude,
Me choque!

PABLO.

Mais enfin...

DOROTHÉE.

Je vais mieux m'expliquer...
Mon cœur ne m'appartient plus!

PABLO.

Quoi! C'est vous moquer!

DOROTHÉE, *bas.*

Tais-toi!

PABLO.

Je n'ai jamais rencontré de toupie...

DOROTHÉE, *bas, l'interrompant.*

Derrière ce rideau Quijada nous épie!
 Haut.

Qui tournât, n'est-ce pas... plus... plus rapidement!
Voilà six mois que vous m'aviez, très vaguement,
Parlé de vos desseins... mon cœur était encore

Libre... alors... J'ai pu vous laisser... je le déplore...
Quelques illusions...

PABLO, *qui a enfin compris, très tragiquement.*

Je n'ai donc plus d'espoir !

DOROTHÉE.

Je le regrette, mais... — Non !

PABLO.

Et peut-on savoir
Quel est l'heureux mortel qui prend dans votre vie
Cette place, l'unique objet de mon envie ?

DOROTHÉE.

Señor... c'est un secret...

PABLO.

Votre cœur le garda
Fort mal, ce doux secret...

DOROTHÉE.

Señor !...

PABLO, *très tragique.*

C'est Quijada !
Je le sais. J'en suis sûr. Oui ! Je tuerai cet homme !

DOROTHÉE, *très tragique.*

Non. Grâce ! J'en mourrais. Grâce !

PABLO.

Non! Jamais!

DOROTHÉE.

Comme

Les hommes sont cruels!

PABLO.

Ah! vous l'aimez donc bien,

Señorita?

DOROTHÉE.

Jamais, je ne dirai combien
Je suis malheureuse.

PABLO.

Il mourra. La chose est sûre!

DOROTHÉE, *d'une voix brisée par le rire qu'elle s'efforce
d'étouffer.*

Vous nous tuerez tous deux de la même blessure.

PABLO, *la serrant dans ses bras.*

Non, non. Ne pleurez pas! Relevez-vous. Pardon!
Je veux fuir... l'éviter... mourir!... Et plus tard on
Gravera sur ma tombe : « Il aimait une ingrate! »

DOROTHÉE.

Adieu, Señor!

PABLO.

Adieu!

DOROTHÉE, *bas.*

Va-t'en, ou bien j'éclate.

Pablo sort. Après un instant José entre par le fond apportant la bouteille de vin dont il a été parlé.

SCÈNE XVI

DOROTHÉE, QUIJADA, *caché,* JOSÉ.

JOSÉ.

Voilà le fameux vin !

DOROTHÉE.

Il n'en est pas besoin.
Je n'ai pas soif ! Emporte-le.

Bas.

Nous aurons soin
De toi.

JOSÉ, *montrant la porte de droite.*

Faut-il ouvrir ?

DOROTHÉE, *montrant la porte du fond.*

Je sors par là !

À elle-même.

Que vais-je

Oublier?... Ah! ces fleurs.

Elle détache un bouquet de son corsage et le met sur la table.

JOSÉ, *étonné.*

Vous?...

DOROTHÉE, *lui faisant signe de se taire.*

Je sors.

SCÈNE XVII

JOSÉ, QUIJADA, *caché.*

JOSÉ, *seul.*

Rien n'abrège

Un de ces rendez-vous, comme de s'y trouver
A trois!

SCÈNE XVIII

JOSÉ, QUIJADA, *caché*, SANCHO, LA FEMME
DE SANCHO.

LA FEMME DE SANCHO, *continuant une conversation
commencée.*

Nous allons voir! Sans le désapprouver
Le moyen est extrême et dangereux.

SANCHO, *à José.*

Délivre
Le Señor!...

LA FEMME DE SANCHO.

Oui!... Dieu sait la scène qui va suivre.

SANCHO, *inquiet.*

Ils n'ont pas été longs.

LA FEMME DE SANCHO.

Non!

SANCHO.

J'attendais mieux d'eux !
Il pourrait me casser une côte...

LA FEMME DE SANCHO.

Une... ou deux !

SANCHO, *à Quijada.*

Pardonnez-moi, Señor, le pénible spectacle...

> *Quijada délivré s'est emparé de sa canne et s'avance vers l'aubergiste d'un air qui ne laisse aucun doute sur ses intentions. Sancho se dissimule derrière sa femme.*

SCÈNE XIX

QUIJADA, SANCHO, LA FEMME DE SANCHO,
JOSÉ, DOROTHÉE.

DOROTHÉE, *rentrant.*

Je viens chercher mes fleurs.

Apercevant Quijada.

Vous ici ? Quel miracle !

Comment avez-vous fait, Señor pour vous cacher?
D'où venez-vous? D'où sortez-vous?

QUIJADA.

Je vais tâcher
De tout vous expliquer.

A Sancho.

Mais réglons notre compte
D'abord. Votre âme étant insensible à la honte,
Je vous romprais les os, si la señorita
N'était point là!

DOROTHÉE.

Comment! Sancho vous irrita?

SANCHO.

Hélas!

QUIJADA, *à Sancho.*

Vous m'avez fait commettre une infamie,
Et plus jamais, de la maison jadis amie,
Je ne repasserai le seuil!

DOROTHÉE.

Qu'entends-je?

QUIJADA, *à Sancho.*

Adieu!

DOROTHÉE.

D'abord, expliquez-moi!

QUIJADA.

Non, non, pas en ce lieu.
Venez!... Allons!...

DOROTHÉE, *l'arrêtant.*

Pourquoi? Je suis très curieuse!
D'où venez-vous? Quelle est cette mystérieuse
Colère?

QUIJADA.

Pas ici!... Sortons.

DOROTHÉE.

Non! — Non! — ici!

LA FEMME DE SANCHO, *humblement à Quijada.*

C'est nous qui sortirons!...

SANCHO, *bas à sa femme.*

Ça n'a pas réussi!

Ils sortent.

SCÈNE XX

QUIJADA, DOROTHÉE.

QUIJADA.

Je vous expliquerai... C'est la plus ridicule
Aventure... et j'en suis tout confus!...

DOROTHÉE.

Ce scrupule
Est étrange! Comment! vous, l'incarnation
De l'honneur, auriez-vous commis quelque action
Douteuse?...

QUIJADA.

Pourriez-vous m'en supposer capable!

DOROTHÉE, *avec emphase.*

Jamais!

QUIJADA.

Et cependant, en fait, je suis coupable!

Car j'étais là, caché, quand tout à l'heure, ici,
Vous parliez au señor Perèz...

DOROTHÉE.

Caché! Voici
Qui me surprend! Vous écoutiez? C'est impossible!
Vous!...

QUIJADA.

La chose odieuse a son côté risible :
Sancho m'avait... — comment vous expliquer cela! —
Lié... bâillonné...

DOROTHÉE.

Vrai?

A part.

Vieux menteur!...

Haut.

Mais de là...
Vous avez entendu... peut-être... des paroles...

QUIJADA.

Vous ai-je bien comprise? Ah! jamais mes plus folles
Espérances, jamais mes rêves les plus fous,
N'eussent osé... mais non! C'est impossible! — Vous!...
Vous, si fraîche, si belle, et si douce, et si fière,
Vous, la gaîté, vous, la blancheur, vous, la lumière,
Vous, qui passez dans un sourire et dans un chant,
Vous, la Grâce, l'Amour, la Jeunesse... un méchant
Faiseur de vers... un fou qu'on dédaigne et qu'on raille,

10

Ayant pour tous trésors les chansons qu'il rimaille,
Vous lui diriez : Je veux partager la moitié
De tous vos désespoirs?... Vous en auriez pitié?...
Votre clarté ferait moins noir son crépuscule?
Moi qui suis pauvre, obscur, dédaigné, ridicule,
Je rêve, n'est-ce pas? C'est impossible!

> *La regardant avec adoration.*

Oui!

Devant votre sourire on est comme ébloui!
Toujours, en vous voyant, je songeais, sans envie,
Qu'un beau jeune homme un jour vous prendrait dans sa vie,
Vous donnerait son cœur, ferait de vous son ciel,
Et très souvent, je me disais : L'essentiel
C'est qu'elle soit heureuse! Il faudrait prendre garde :
Qu'on l'aimât bien surtout!... Ah! plus je vous regarde
Plus j'ai peur! Plus je crois qu'il faudra m'éveiller,
Sortir d'un songe!

> DOROTHÉE, *souriant, coquettement, avec une émotion jouée.*

Non!

> QUIJADA.

Je vais vous conseiller
Comme un ami! Je ne veux pas... être égoïste...
Et, si vous m'épousiez, vous pourriez être triste
Un peu plus tard... Mais lui, Pablo Pérez, il est
Bien, — très bien! — ce jeune homme, et son air gai me plaît
Beaucoup. Il est très riche. Il paraît qu'il possède
Un grade dans l'armée... Il est charmant... je plaide
Mal sa cause... Il est jeune aussi!... — Vous comprenez!

DOROTHÉE.

Oui! je comprends qu'au fond du cœur vous ne tenez
Pas beaucoup à me voir un jour votre compagne!

A part.

Ce petit tremolo qu'un soupir accompagne
A fait bien... il hésite!...

QUIJADA.

Ah! Vous ne savez pas
Combien vous me sauvez, et combien je suis las
De me traîner le long de ma funèbre vie,
N'ayant rien conservé de la route suivie,
Rien! Que le souvenir d'avoir toujours été
Vaincu! — Mon hiver vient, je n'ai pas eu d'été!
Pas un jour de soleil, pas un jour de lumière!
J'ai près de cinquante ans : mon existence entière
N'eut qu'un but, qu'une fin, qu'un objet : secourir
Ceux que le sort brisait, que je voyais souffrir,
Se débattre, saigner, sous l'implacable roue
Du Destin! Et je fus l'insensé qu'on bafoue,
Qui dit : « Ayez pitié du proscrit, du bandit,
« Du monstre, du méchant, de l'assassin! » qui dit :
« Tendez-leur les deux mains! Nous sommes dans un gouffre;
« Quelqu'un, au-dessus, rit, de voir l'homme qui souffre
« Se tordre, comme un ver qu'on écrase, se tord...
« Épargnons-nous! Laissons faire le mal au Sort!
« Que l'Éternel Bourreau s'amuse : tue ou blesse,
« Ne songeons qu'à guérir! Respectons la faiblesse,
« La honte, le malheur, la faim, la pauvreté!

« Réparons ce que fait la grande lâcheté !
« Soyons meilleurs ! Tâchons de réparer les crimes
« Du Destin, de sauver du moins quelques victimes ! »

Et je disais encor : « Poètes, qui sentons
« De beaux songes hanter nos fronts : Mentons ! Mentons !
« La vie est lâche, obscure, imbécile, cruelle,
« Ne disons pas cela ! Frères ! jetons sur elle
« Comme un royal manteau nos rêves étoilés !
« Mentons ! Cachons à tous, tenons à tous voilés,
« Les vices, les laideurs, les hontes, les ulcères !
« Pour guérir tous ces maux et toutes ces misères,
« A quoi sert-il d'aller partout les publier ?
« Tout en soignant la plaie, il faut faire oublier
« Qu'elle existe à celui dont elle ronge l'âme !
« A quoi bon lui crier : Vous êtes laid, infâme,
« Immonde, répugnant et vous allez périr ?...
« Endormir la douleur, c'est presque la guérir !
Et tous les gens d'esprit, alors, ont pris pour cible
De leurs traits acérés le rêveur d'impossible,
Le chevalier errant, le redresseur de torts ;
Leurs clameurs ont couvert ma voix, et depuis lors,
Lorsqu'un homme défend quelque illusion sotte,
On dit : Il faut laisser la chose à « Don Quiqhotte ! »
Quelquefois je réponds : « Qu'importe, j'ai raison !
« L'Avenir est là-bas, derrière l'horizon,
« Derrière le coteau noir où monte la route,
« L'Avenir jugera mieux mon effort ! » j'en doute !
D'autres pourront défendre avec plus de succès
Ma cause qui me fut chère... Moi, je le sais,

Je dormirai dans l'ombre, à jamais ridicule !
— Mes jours se terminaient, dans ce noir crépuscule,
J'étais maudit, j'allais morne et désespéré,
Et voilà, tout à coup, que tout s'est éclairé !
Quand je me résignais, tristement, à descendre
Dans la tombe, sans qu'un seul cœur eût pu comprendre
Mon cœur, sans qu'une voix m'eût dit : « Tu n'es pas fou ! »
Sans que deux bras de femme eussent mis à mon cou,
Le suave et charmant collier de leur caresse,
Voilà que vous venez avec votre tendresse,
Avec votre fraîcheur, avec votre beauté,
Voilà que vous voulez marcher à mon côté !
Voilà que vous voulez suivre ma route sombre !
Voilà, — c'est vrai ! — que vous voulez aller vers l'ombre,
Vous qui pouviez marcher sur des sommets vermeils,
Pour que votre chemin et le mien soient pareils !
Ah ! tenez, je n'ai pas la force et le courage
De ne pas accepter ! Ce ne serait pas sage,
De dire non ; de fuir, quand le ciel est ouvert !
J'ai trop longtemps lutté, gémi, pleuré, souffert !
J'ai trop longtemps vécu seul, sans avoir dans l'âme
Un désir, un espoir !... Qu'un plus heureux me blâme :
Je vous aime comme on n'a pas encore aimé !...

     Elle lui tend la main, coquettement.

Et Vous ?... Répétez-moi !...

     DOROTHÉE, *feignant une émotion profonde.*

          Pablo l'a proclamé
Assez haut !

QUIJADA.

Songez-y, car cette heure est suprême!
Ne vous trompez-vous pas? Est-ce bien sûr? L'extrême
Bonheur m'effraye un peu! Voyez-vous, il ne faut
Pas me laisser tomber, ce serait de trop haut!

DOROTHÉE, *à part.*

Il ment! Il m'épiait!

QUIJADA, *embrassant la main que lui abandonne la jeune fille.*

Je t'adore!

DOROTHÉE, *à part.*

Courage!

Haut.

Et maintenant je vais vous demander un gage!

QUIJADA.

Que faut-il faire? Dis! Parle! Exprime ton vœu!

DOROTHÉE.

Attendre, et ne rien dire à mon oncle avant que...
Voilà!... je vais d'abord exiger une chose
Pas facile!...

QUIJADA.

C'est fait, si c'est possible!

DOROTHÉE.

J'ose?...

QUIJADA.

Mais oui!...

DOROTHÉE.

C'est que je suis très exigeante!

QUIJADA.

Dis!...

DOROTHÉE.

Je voudrais, avant tout, voir jouer *Amadis*,
Ce drame dont les vers sont si beaux et que j'aime,
A la Zarzuela! Comprenez! Ce poème,
Confondrait à jamais ceux qui se sont permis
De se moquer de vous! vos lâches ennemis!

QUIJADA.

Je les méprise tant!

DOROTHÉE.

Il faut songer à celle
Qui marche à votre bras et travailler pour elle!

QUIJADA.

Puisque vous en avez respiré le parfum,
Mes vers peuvent périr désormais, et pas un
Ne doit toucher la fleur que vous avez touchée,
Sur laquelle, un instant, votre âme s'est penchée!
Mon œuvre n'est qu'à vous! Gardez-la toute!

DOROTHÉE.

Non!
Vous devez illustrer votre nom, et mon nom!

QUIJADA.

La gloire! Un vain hochet! un songe! une fumée!

DOROTHÉE, *mutine*.

Un hochet, soit, c'est vrai, mais à la femme aimée
Allez-vous refuser un hochet?...

QUIJADA, *paternel et souriant*.

Quelle enfant!

DOROTHÉE.

Oui! Je veux vous voir, moi, glorieux, triomphant,
Acclamé, recevoir de mes mains la couronne!
Être le front altier et sacré qu'environne
L'espoir d'être immortel! Entendre sur mes pas
Les gens dire : C'est Elle!... Elle!

QUIJADA, *hésitant*.

Ils ne voudront pas,
Les acteurs.

DOROTHÉE.

Ils voudront! Il suffit qu'on les paie!
Je le sais! Je me suis, sans rien dire, occupée
De la chose! Il suffit à la Zarzuela
De cinq mille douros!

QUIJADA.

Non! non, jamais cela!
Ne parlez pas ainsi! Vous dites sans comprendre
Des choses... c'est affreux! Vous ne pouvez vous rendre
Compte! Vous n'avez pas réfléchi, c'est certain!
Vous me parlez, avec un sourire mutin,

D'une action que tout auteur croit dégradante
Avec raison!

DOROTHÉE.

Comment?

QUIJADA.

La chose est évidente!
— Pardonnez-moi, si j'ai parlé trop vivement! —
Je vais vous expliquer : tenez! voici comment!
Les acteurs sont toujours entourés d'imbéciles,
Qui veulent imposer des œuvres puériles
Au public. Ces gens-là réussissent parfois,
A force d'or, à faire ouïr leur sotte voix,
A donner le spectacle écœurant de leur vaine
Ambition, et moi, qui, toujours, eus la haine
De la foule, j'irais me ranger parmi ces
Impuissants, qui voudraient acheter le succès,
J'irais payer des gens, pour qu'on daigne m'entendre,
Et, comme un artisan qui ne pourrait pas vendre
Le fruit de son travail, pour s'en débarrasser,
L'offrirait au premier qui viendrait à passer,
En lui disant : « Prenez un écu pour la peine! »
Le beau rêve adoré dont mon âme était pleine,
Pour forcer les acteurs à lui prêter leurs voix,
Je leur dirais : « Voici! Je donne tant!... »

DOROTHÉE.

Je vois!
C'est une vanité d'auteur! Je suis très triste
De ce refus!

QUIJADA.

Comprends! C'est mon honneur d'artiste!

DOROTHÉE, *boudeuse*.

Je comprends bien, d'abord, que vous me refusez
Quelque chose! Voilà! Que vous vous récusez,
— Bon chevalier! — Quand votre dame à son service
Vous emploie, et demande un petit sacrifice!...

QUIJADA.

Un grand!...

Elle s'est assise, très boudeuse et se détourne de lui. Elle se retourne, le regarde en souriant, et lui dit avec une émotion jouée.

DOROTHÉE.

Quand je vous dis... que je veux... en retour...

Elle lui tend la main.

QUIJADA, *lui prenant la main, s'agenouille, près d'elle, et enivré par son sourire.*

Que votre volonté soit faite, mon amour!...

ACTE III

Amadis !

La scène du théâtre dépouillée de tout décor.

ACTE III

SCÈNE PREMIÈRE

DON PEDRO, *le grand premier rôle,* DON JUAN, *le jeune premier,* ISABELLE, *la coquette,* DONA CHRISTO-PHORA, *la duègne,* BIANCA, *l'ingénue, des* MACHI-NISTES *et des* FIGURANTS.

LA DUÈGNE, *entrant par le fond, revêtue d'une mante épaisse.*

Après avoir eu chaud, cette place est malsaine.

DON PEDRO.

Pourquoi n'a-t-on pas mis un décor sur la scène?

DON JUAN.

On gèle ici!

11

ISABELLE.

J'ai froid !

BIANCA.

Oui ! Le Guadarrama
Est tout blanc ce matin !

DON JUAN, *déclamant à Bianca.*

« Cet homme qui t'aima
« Blanche enfant !... »

BIANCA, *l'interrompant.*

Pas encor !

LA DUÈGNE.

Silence !

ISABELLE.

Il nous assomme !

BIANCA.

Attends pour commencer, mon cher, que le bonhomme
Soit là !

LA DUÈGNE.

Moi, j'en ai plein le dos de l' « *Amadis* ».

ISABELLE.

Combien de fois déjà l'a-t-on répété ?

LA DUÈGNE.

Dix !

ISABELLE.

Et nous passons ?

LA DUÈGNE.

Après-demain.

DON JUAN, *à Bianca qui se gratte mélancoliquement l'oreille.*

Ça te démange ?

BIANCA.

Je ne sais rien du rôle.

ISABELLE,

Et moi donc !

DON JUAN.

Moi, l'orange
Gâtée ou l'œuf pourri des beaux soirs triomphants,
Me pendent au nez !

ISABELLE, *riant.*

Et moi donc.

DON PEDRO, *qui jusque-là s'est tenu d'un air sombre à l'écart.*

Çà, les enfants,
Croyez-vous qu'Estéban compte vraiment nous faire
Jouer cet « *Amadis* » ?

ISABELLE.

Mais...

DON JUAN.

Je crois que l'affaire
Est absolument sûre.

LA DUÈGNE.

Oui. L'auteur a payé...
Cinq mille douros!...

BIANCA.

Ah!...

DON PEDRO.

Il n'est pas effrayé,
Notre bon directeur, par les sifflets qui doivent
Nous saluer!...

DON JUAN.

Ce sont les acteurs qui reçoivent
Les oranges...

ISABELLE.

Les œufs...

BIANCA.

Les évantails cassés...

LA DUÈGNE.

Les amandes!...

DON JUAN.

Ça, c'est leur ordinaire!

DON PEDRO.

                              Assez !
Je ne recevrai rien, croyez-en ma parole,
J'aimerais mieux périr que de créer ce rôle
Absurde d'Amadis.

DON JUAN.

                    Nous n'avons pas le choix,
Et la chose dépend d'Estéban seul.

DON PEDRO.

                        Tu crois ?

DON JUAN.

A moins de refuser...

DON PEDRO.

                    Chut !... Personne n'écoute ?
Voici ce qu'il faudrait faire :
                Tous se groupent autour de lui.
                        . Toujours, il coûte
Énormément à tous les auteurs d'amender
Leur œuvre, en retranchant des vers ; leur demander
De remplacer un mot, de faire une rature,
De couper quelque chose à leur littérature,
Certe... ils aimeraient mieux se tailler dans la chair.
Qu'arriverait-il donc, s'il fallait qu'à son cher
« *Amadis* », le señor Quijada-le-Grotesque,
Retranchât une scène entière ?

                                    11.

BIANCA.

Il mourrait... presque!

DON PEDRO.

Il refuserait net! Et nous refuserions
Non moins net de jouer. Voilà! Nous userions
Poliment, doucement, de notre droit. La scène
Où nous avons chacun à dire une dizaine
De vers nous servirait à merveille!

ISABELLE.

Excellent.

DON JUAN.

J'accepte.

BIANCA.

Je veux bien.

DON PEDRO.

Bon!

LA DUÈGNE.

L'immense talent
De notre cher auteur va lui coûter, en somme,
Cinq mille douros!

DON PEDRO.

Oui. Mais pas pour une somme
Décuple, je n'irais, moi, perdre mon honneur
D'artiste.

DON JUAN.

Moi non plus!

LA DUÈGNE.

Ni moi!

BIANCA.

Moi, le bonheur
D'avoir autant d'argent de mon honneur d'artiste..

DON PEDRO, *l'interrompant avec sévérité.*

Señorita!...

LA DUÈGNE.

Qu'alliez-vous dire?

DON JUAN, *mélodramatique.*

Je suis triste,
Bianca, de vous entendre!

BIANCA.

Hé! ne criez pas tant!
J'allais finir : ...ne peut me tenter un instant.

Ils rient.

DON PEDRO.

Voyons, convenons bien : c'est la scène troisième.

DON JUAN.

Il est plus orgueilleux que Calderon lui-même,
Il ne voudra jamais.

DON PEDRO.

Oh! comptez sur cela,
Jamais!... jamais!...

DON JUAN.

Surtout si la petite est là!

ISABELLE.

Sa fiancée?

DON JUAN.

Il ne voudra pas, devant elle,
Céder.

BIANCA.

Elle est jolie...

LA DUÈGNE.

Oui... pas mal!

ISABELLE.

L'immortelle
Déesse de ses vers!

BIANCA.

Oh! mais c'est sérieux!
Il l'aime comme un fou!

LA DUÈGNE.

Comme un fou furieux!

BIANCA.

C'est à mourir de rire! Il la regarde, il semble

N'exister que pour elle, et vraiment, il ressemble
A son brave Amadis, qui meurt, le paladin,
En disant : « O ma Dame! O mon Amour! »

DON JUAN.

Vieux daim!

ISABELLE.

Hier, je l'ai vu, vous savez bien qu'*Elle* est partie
Avant que l'on n'eût pu commencer...

DON JUAN.

Avertie

Des splendeurs d'*Amadis!*

ISABELLE.

Laissez-moi donc finir
Mon histoire! — J'ai vu l'auteur de l'avenir
Tirer de son pourpoint un bout de ruban rose,
Et puis, de l'air béat d'un vieux moine, qui pose
Les lèvres sur un reliquaire, déposer
Sur son ruban, son cher ruban! un long baiser...

Ils rient.

DON JUAN.

Dans la première enfance on peut faire la chose,
Mais dans la seconde...

SCÈNE II

Les Mêmes, QUIJADA, DOROTHÉE.

BIANCA, *l'interrompant et saluant Quijada.*

Ah! notre auteur!

DON JUAN, *s'inclinant très profondément devant Dorothée.*

Et sa rose!

QUIJADA.

Bonjour, Pedro! Bonjour, Bianca! Bonjour, vous tous!

DON JUAN, *à Dorothée.*

Puis-je sur votre main?...

DOROTHÉE, *très sèchement.*

Bonjour!

DON JUAN, *dépité, bas à Isabelle.*

Le vieux jaloux

Lui tirerait l'oreille à la pauvre.

ISABELLE, *bas à don Juan.*

Pécore!

QUIJADA.

Commence-t-on bientôt? Il est temps.

LA DUÈGNE.

Pas encore!

DON PEDRO.

Don Esteban n'est point ici.

QUIJADA.

Bien.

DON PEDRO, *appuyant sur le premier mot.*

Il convient

D'attendre.

QUIJADA, *à Dorothée.*

Sentez-vous ce courant d'air qui vient

Du fond?

DOROTHÉE.

Un peu!

QUIJADA.

Sortons! Viens! allons-nous en vite!

Rien n'est plus dangereux. Il faut que l'on évite

Les courants d'air après avoir eu chaud.

DOROTHÉE.

Quitter!

Déjà! Sans avoir vu les acteurs répéter?...

QUIJADA.

Qu'importe! il ne faut pas t'exposer.

DOROTHÉE.

Je préfère
Rester. D'ailleurs je n'ai plus froid!

QUIJADA.

Mon Dieu, que faire!

DOROTHÉE.

Rien! Je ne le sens plus.

QUIJADA.

Que faire? Ce courant,
C'est dangereux!

DOROTHÉE, *impatientée.*
Cela cesse!...

QUIJADA.

Un frisson vous prend
Sans qu'on s'en doute. Il faut un châle, une mantille...

DOROTHÉE.

La mienne me suffit. Assez!

DON JUAN, *bas aux deux jeunes actrices.*

Si cette fille
Avait le bon esprit d'ordonner qu'*Amadis*
Fût mis au feu, nous ne serions pas « applaudis »
Après-demain.

DOROTHÉE, *à Quijada, avec qui elle se trouve seule vers*
le milieu de la scène.

Combien cela me semble étrange
D'être ici !

QUIJADA.

N'est-ce pas !...

DOROTHÉE.

Voyez-vous, tout s'arrange
Toujours, comme je veux ! J'ai la chance !

QUIJADA.

C'est vrai !
Vous êtes le Bonheur que partout je suivrai !

DOROTHÉE.

Vous disiez : Fatigué des luttes incessantes,
Des sarcasmes grossiers, des critiques blessantes,
Si vous me laissez seul, un jour, je faiblirai,
Je reprendrai ma pièce. Et moi, j'ai dit : J'irai !
— Comment ! Vous ! A Madrid ! Et votre oncle ? Et sa cure ?
— Cela s'arrangera ! disais-je. J'en suis sûre...

QUIJADA, *qui la regarde avec extase.*

Et vous aviez raison, cela s'est arrangé.

DOROTHÉE.

Oui ! Monseigneur l'évêque, un soir, a trop mangé !
Il en est mort... pieusement ! L'archidiacre

Notre cousin voulut nous avoir à son sacre,
Lorsqu'il fut investi du rang du saint défunt...
Et voilà !...

QUIJADA.

Je ne sais d'où monte ce parfum...
Si ce sont vos cheveux, si c'est votre sourire !...
Je vous adore !

DOROTHÉE, *coquette*.

Non !

QUIJADA.

Oui !... Vous savez tout dire
Avec tant de gaîté, tant de grâce et d'esprit !
Votre bouche, à la fois, chante, embaume et sourit !

DOROTHÉE.

Taisez-vous, vil flatteur, si l'on allait entendre !

QUIJADA.

Qu'importent ces gens-là !

DON JUAN, *bas aux deux actrices*.

Non ! mais ils ont l'air tendre !

SCÈNE III

LES MÊMES, DON ESTEBAN. *Un gros homme bruyant qui remplit la scène de sa bourdonnante personne.*

DON ESTEBAN.

Salut à tous !

DON PEDRO.

Salut !

DON JUAN, *saluant.*

Don Esteban !

DON ESTEBAN, *à Dorothée.*

Bonjour !

A Quijada avec effusion.

Ah ! Señor Quijada ! nous approchons du jour,
Du grand jour glorieux où la scène espagnole
Va s'enrichir...

S'interrompant pour tirer l'oreille à Isabelle.

C'est bien d'étudier son rôle !

Mais il fait froid ici! Glacial! Ce plafond
Est ouvert!

A des machinistes.

Que l'on baisse une toile de fond!
N'importe quoi! C'est bon! — Comme il te sied, ce voile,
Bianca!

DOROTHÉE, *à Quijada.*

Je veux voir comme on baisse la toile.

Elle remonte vers le fond avec Quijada.

DON ESTEBAN, *aux acteurs.*

Les costumes sont bien, n'est-ce pas? Êtes-vous
Contents?

ISABELLE.

Oui...

DON JUAN.

Si les vers...

BIANCA.

N'étaient pas aussi...

DON PEDRO.

Fous!

J'ai dit « fous », c'est le mot! Il est dur, mais...

DON ESTEBAN.

Mais juste!

Je le sais, mes enfants! Cela me tarabuste,
Allez, de me trouver obligé d'exposer
Vos talents à se voir... méconnus, d'imposer

Des choses au public... Seulement le bonhomme
A bien voulu... C'est que cela fait une somme !
Et vos appointements creusent un trou profond
Dans ma caisse !... Profond !

Aux machinistes.

Cette toile de fond

Descendra-t-elle ?

Aux acteurs.

Enfin, je suis pour vous un père
Et j'ai fait si bien que... — chut ! — dès ce soir, j'espère
Vous dire : « Mes enfants, oublions *Amadis.* »

TOUS LES ACTEURS.

Bravo !

DON PEDRO, *lui serrant la main avec effusion.*

Nous retrouvons l'Esteban de jadis !

DON ESTEBAN.

D'après l'accord conclu, si l'auteur nous retire
Le droit d'interpréter l'œuvre, qu'une satire
Un peu vive déclare écrite en vers...

DON PEDRO.

Fous !

DON ESTEBAN.

Soit !

Je garderai l'argent, moi ; cela se conçoit !
Pour me dédommager de ce temps perdu.

DON PEDRO.

Certe !

DON ESTEBAN.

J'espérais que, trouvant sa pièce encor trop verte,
Ce brave homme viendrait de lui-même m'offrir
De la remettre... pour un certain temps, mûrir
Au fécondant soleil de son génie ! Il semble
Ne pas s'y décider !...

ISABELLE, *montrant à Bianca Quijada et Dorothée qui, dans le
fond, regardent les machinistes occupés à descendre la toile.*

Vois comme il la contemple.

BIANCA.

Toute son âme brûle en ses grands yeux ravis !

DON ESTEBAN.

Or, ce matin, passant Plaza Real, je vis
Notre ami Cervantes. Je lui contai la chose.
Il me dit : « Esteban, gardez ce nez morose
« Pour jouer *le Jaloux corrigé* de Lopez.
« Je me charge de tout, mon cher, allez en paix ! —
« Je connais le bonhomme et lui ferai comprendre
« Aisément, car je sais comment il faut le prendre,
« Que son sublime esprit n'est point fait pour votre art.
« Je viendrai donc vous voir répéter, — par hasard ! —
« Après-midi. Mettez ma chaise à l'avant-scène ! »
Ainsi donc, mes enfants, ne soyons plus en peine,
Et travaillons gaîment !

TOUS, *lui serrant les mains.*

Merci !

DON ESTEBAN, *calmant leurs effusions.*

Plus bas !

DON PEDRO.

Bravo !

DON ESTEBAN, *à Dorothée qui redescend vers l'avant-scène*
avec Quijada.

Vous intéresse-t-il, ce spectacle nouveau ?

DOROTHÉE.

Oui... mais je voudrais bien voir comment on répète
Une pièce !

DON JUAN, *bas à Isabelle.*

Charmant !

QUIJADA.

Commençons !

ISABELLE, *bas à don Juan.*

Son poète

Prend feu !

ESTEBAN, *mettant en scène.*

Donc le décor représente la cour
D'un vieux château... Voici la porte de la tour...
Il place deux escabeaux.
Ici, celle d'un parc, puis, ici, la margelle
D'un puits.
Il place des escabeaux aux endroits qu'il indique.

QUIJADA, *à Dorothée, en lui avançant une chaise à l'avant-scène.*

Asseyez-vous!

DON ESTEBAN.

C'est à vous, Isabelle!

Aux Figurants qui ont peu à peu envahi le fond de la scène.

Silence!

A Isabelle.

Vous parlez avec Christophora.

Aux Figurants qui continuent à faire du bruit.

Si l'un de vous désire une amende il l'aura!

Quijada, Dorothée à l'avant-scène. Estéban tenant le manuscrit, prêt à souffler. Les autres artistes prêts à entrer en scène. Machinistes et Figurants dans le fond.

ISABELLE, *jouant, à Christophora. Elle parle du ton simple et naturel d'une conversation banale.*

— L'espace, revêtant son manteau d'émeraude,
D'azur, de pourpre et d'or, va réciter son ode ;
L'Infini va parler dans le Soir... écoutons !
Peut-être entendrons-nous les Mots dont nous doutons,
Les Mots que notre Espoir murmure à notre Rêve,
Les Mots que l'Ame crie ardemment et sans trêve
Pour qu'un écho du ciel les répète à son tour :
Lumière ! Vérité ! Beauté ! Tendresse ! Amour !
Écoutons ! Sous la proue énorme et colossale
De la Terre, du fond de l'Infini, s'exhale
Le bruit mélancolique et suave que font,
Et s'entrouvrant, les flots bleus de l'éther profond...

QUIJADA, *l'interrompant.*

Non! Vous exprimez mal ces craintes insensées
D'un pauvre esprit malade et troublé! Ces pensées
D'un pâle front hagard, penché sur l'infini!
Vous n'exprimez ni le profond vertige, ni
La folle anxiété dont frissonne cette âme...
Soyez moins naturelle et moins simple!

ISABELLE.

On me blâme
Toujours de n'être point naturelle!

QUIJADA.

Il ne faut
Pas réciter des vers comme on parle! Défaut
Suprême! Tout entier, sous leurs rythmes sublimes,
Sous le rappel sonore et berceur de leurs rimes,
Votre être doit vibrer d'un chant harmonieux!
Les vers, oiseaux divins qui descendent des cieux
Faire entendre ici-bas leurs voix surnaturelles,
Doivent toujours laisser sentir qu'ils ont des ailes!

SCÈNE IV

Les Mêmes, CERVANTES.

CERVANTES. *Il est entré depuis un instant.*
Vous n'avez point changé, señor Quijada.

QUIJADA, *surpris.*

Vous!
Cervantes!... Vous ici!

CERVANTES.

Je voulais, avant tous,
Admirer le nouveau chef-d'œuvre...

QUIJADA, *cérémonieux après un instant d'hésitation.*

Je vous prie
De prendre place!...

CERVANTES.

Ainsi, cette plaisanterie
Que je me suis permise autrefois... cet écrit...
Ce roman...

QUIJADA.

Vous avez, Señor, beaucoup d'esprit!

CERVANTES.

Je n'ai jamais voulu vous blesser!

QUIJADA.

Oh!... non!

CERVANTES.

J'aime

Certains de vos vers!

QUIJADA.

Ah!

CERVANTES.

Mais vous venez vous-même,
Ici, de condamner de cruelle façon
Votre dernier effort!

*Tous les acteurs au cours de la scène suivante témoignent d'une
partialité profonde en faveur de Cervantes, admirent et ap-
prouvent tout ce qu'il dit.*

QUIJADA.

Comment?

CERVANTES.

Chacun a son
Point de vue!... et pourtant, je doute que l'on trouve,
Aucun auteur qui vous comprenne et vous approuve,
Quand vous dites : — je crois avoir bien entendu! —
Que, pour que l'idéal de vos vers soit rendu,

Il faut que cette enfant d'abord prenne sur elle,
De ne plus être ni simple ni naturelle!
Sortir de la nature et de la vérité,
C'est être un monstre!... — Excusez ma sévérité!

Ricanements parmi les acteurs.

QUIJADA.

La Nature, Señor, n'est pas toujours si belle
Qu'on ne puisse rêver de créer plus beau qu'elle!

CERVANTES.

Son auteur cependant était, je crois, très fort!

Approbation muette mais unanime.

QUIJADA.

Peut-être a-t-il voulu qu'ajoutant son effort
Au sien, l'homme achevât de terminer son œuvre!

CERVANTES.

L'artiste ne prend pas un ignorant manœuvre,
Pour donner à l'argile un dernier coup de main!

Cela semble évident à tout le monde.

QUIJADA.

L'argile dont est fait le pauvre cœur humain
Garde le pli reçu d'une façon trop brève,
Pour que le Grand Auteur daigne y sculpter son rêve!

CERVANTES.

L'œuvre où des sentiments que tous n'éprouvent pas
Sont exprimés, ne peut survivre!

Encore une vérité qui semble indiscutable à tous.

QUIJADA.

Si mes pas
Ont foulé des sommets où nul n'a pu me suivre,
Je puis mourir! je n'ai pas besoin de survivre!

CERVANTES.

A quoi bon travailler alors, si le tombeau
Vous prend votre œuvre et vous?

QUIJADA.

S'élancer vers le Beau,
Tendre vers Lui les mains, tout est là! Ce qui reste,
C'est la douceur de cet élan, et de ce geste!

CERVANTES.

Vous désirez, pourtant, que le geste soit vu!

*Tous les acteurs prennent des attitudes d'une triomphante
ironie.*

QUIJADA.

Non! je n'ai jamais eu ce désir-là! Pourvu
Que je puisse entourer la Beauté de mon culte,
Qu'importe que la foule ou m'ignore, ou m'insulte!

CERVANTES.

Bien! Nous sommes d'accord! Je suis de votre avis.
Ces beaux principes-là, seulement, sont suivis
Par vous d'une façon... idéale et lointaine.

QUIJADA.

Comment? Expliquez-vous!

13

CERVANTES.

Hé mais! l'âme hautaine
Cherche tout comme une autre à se faire louer
Par la foule, et l'on va, — n'est-ce pas? — vous jouer!
Vous courtisez aussi la faveur populaire...
Mon Dieu! c'est naturel et chacun cherche à plaire!

Cette fois, tous les artistes triomphent d'une façon plus marquée encore que par le passé.

DOROTHÉE, *bas à Quijada.*

Hé bien! Vous n'avez rien à dire?

QUIJADA.

Il a raison!

DOROTHÉE.

Soit! Mais démontrez-lui qu'il a tort!

DON PEDRO, *serrant la main à Cervantes.*

Quel oison!

DON ESTEBAN, *bas à Cervantes.*

Il se tait!

DON JUAN, *à Cervantes.*

Argument *ad hominem!*

QUIJADA, *après un instant de silence.*

Peut-être,
S'il vous était donné, Señor, de mieux connaître
Mon œuvre, verriez-vous que je n'ai point voulu
Plaire au public, flatter ses goûts.

CERVANTES.

Je n'ai point lu ?...

DON PEDRO, *répondant à l'interrogation.*

Amadis !

CERVANTES.

Ce n'est plus cette histoire banale
De l'idéal amant d'une amante idéale,
Qui, pour la conquérir, bravant tous les dangers,
Promène son amour sous des cieux étrangers !
Chacun connaît par cœur cette antique aventure !

QUIJADA.

Chacun peut profiter encor de la lecture,
Et de telles amours n'ont rien de banal !

CERVANTES.

Non !

Ainsi donc « *Amadis* » — j'aime beaucoup ce nom ! —
C'est encor...

QUIJADA, *l'interrompant.*

— C'est encor, la race n'est point morte ! —
Un de ces insensés qui vont, l'âme plus forte
Que le bras, s'attaquer...

DON PEDRO, *l'interrompant en ricanant.*

A des moulins à vent !

QUIJADA.

Oui ! señor Cervantes ! Il arrive — souvent ! —

Qu'un homme, le front haut, l'œil suivant dans l'espace
Quelque songe splendide — et décevant — qui passe,
S'élance, sachant bien que l'inutile effort
Ne peut lui rapporter que la honte ou la mort,
Sur un obstacle infranchissable qui se dresse
Devant lui, qui, malgré sa force et son adresse,
Doit l'écraser, broyer sa lance et son écu !
On peut rire devant le paladin vaincu
Du triomphe éclatant de la force brutale,
On peut rire du sang qui souille son front pâle,
On peut rire de sa chute et de son affront...
Je ne voudrais pas être un de ceux qui riront !

CERVANTES, *blessé.*

Mais nous ne sommes pas des paladins ! Nous sommes
Des auteurs qui devons, pour corriger les hommes
De leurs vices, de leurs défauts, de leurs travers,
Humblement leur offrir le miroir de nos vers !
Nous ne sommes tués que par le ridicule...
Et quant à moi, j'avoue avoir ri — sans scrupule ! —
De plus d'un sot auteur qui s'était cru soudain,
Transformé de rimeur inepte... en paladin !

QUIJADA.

Moi, je ne connais point de spectacle plus triste,
Plus navrant, que celui d'un impuissant artiste ;
D'un homme qui n'a point assez de force en lui
Pour monter jusqu'au faîte où la lumière a lui,
Pour faire cet effort surhumain qui soulève
Les mots lourds, empêchant l'envolement d'un rêve !

Pourquoi rire de ceux qui souffrent et de ceux
Qui sont moins forts que soi ? — Moins forts et moins heureux !

CERVANTES.

Ce que vous critiquez, alors, c'est la satire
Que tout être impuissant ou grotesque s'attire !

QUIJADA.

Est-il possible de railler sans cruauté
L'effort d'une âme vers l'Amour et la Beauté ?...

CERVANTES.

Je vous laisse, Esteban !

DOROTHÉE, à *Quijada*.

Bien !

CERVANTES, *bas à Esteban*.

Tout est inutile !
Rien n'y peut faire ! on m'a changé mon imbécile !
Je l'avais assez bien conduit au pied du mur,
Mais il s'est dérobé...

DON ESTEBAN.

Que faire ?

CERVANTES.

Je suis sûr
Que la jolie enfant avec laquelle il cause
De ce ton exalté pourrait dire la cause !

13.

A Quijada.

Adieu, señor! Je vous souhaite un grand succès
Après demain!

QUIJADA.

Adieu!

CERVANTES, *serrant la main à don Pedro.*

Bonne chance!

Il sort.

DON JUAN, *à don Pedro.*

Tu sais!

La scène trois!

DON PEDRO, *faisant un signe d'intelligence à Bianca.*

Chut!

BIANCA, *lui répondant.*

Oui!

ISABELLE, *à don Pedro.*

C'est convenu!

DON PEDRO, *aux autres acteurs.*

Silence!

SCÈNE V

LES MÊMES, *moins* CERVANTES.

DON ESTEBAN.

Continuons!

Ils recommencent à répéter.

ISABELLE, *jouant.*

« Vois! Vois!... Ce pennon, cette lance,
Ce casque! Qui vient là?...

LA DUÈGNE, *jouant.*

« C'est Amadis, je crois!... »

QUIJADA.

Il reste peu de temps, prenons la scène trois!
La scène deux est longue et n'est pas difficile.
Tous sont en scène donc. Amadis à Lucile
Vient d'exprimer l'amour qu'il demande à prouver.
Léanor et son fiancé viennent trouver
La princesse Lucile, et demander son aide
Contre le lâche Argan. La jeune fille plaide

Sa cause avec ardeur. Tous s'émeuvent aux sons
De sa voix.

      A Bianca.

        Vous ici!

          A don Juan.

            Vous ici! Commençons!

        BIANCA *(dans le rôle de Leanor).*

Princesse! Vous voyez une étrange infortune...
Pardonnez-moi d'oser, de ma plainte importune,
Troubler la paix splendide où s'endormait ce soir!
Ce sont deux fugitifs qui désirent s'asseoir
Un instant, au milieu des serviteurs de celle
Que l'on dit la meilleure — ainsi que la plus belle!
Prendre un peu de repos avant de repartir.

        ISABELLE *(dans le rôle de Lucile).*

Votre nom?

          BIANCA *(Leanor).*

    Leanor!

         DON PEDRO *(dans le rôle d'Amadis).*

      La princesse de Tyr!

         ISABELLE *(Lucile).*

C'est donc vous!

        BIANCA, *montrant don Juan.*

      Et voici Roland de Villepierre,

Mon fiancé!

ISABELLE *(Lucile)*.

Celui dont l'attitude fière
Inspira le respect au lâche Argan ?...

BIANCA *(Leanor)*.

C'est lui !
Mon seul soutien ! mon seul secours ! mon seul appui !

DON JUAN *(dans le rôle de Roland)*.

Non ! Vous avez encore, ô princesse que j'aime,
Un secours, un soutien, plus puissant en vous-même !
Votre seule vertu vous suffit contre tous,
Et le Destin a pu, des plus terribles coups
Vous accabler, sans ébranler votre courage !

ISABELLE *(Lucile)*.

Rien n'est plus glorieux pour vous que cet hommage
Car en fait de bravoure et d'honneur, je le sais,
Nul n'est juge meilleur qu'un chevalier français !

BIANCA *(Leanor)*.

Oui ! si la chose était possible, si le lâche
Qui m'a ravi... — pardon si l'ire que je tâche
De garder en mon cœur déborde malgré moi !... —

ISABELLE *(Lucile)*.

Nous comprenons et nous partageons votre émoi,
Et tous, ici, nous haïssons Argan, l'infâme !

BIANCA *(Leanor)*.

S'il n'était invincible, ayant vendu son âme
A Satan, s'il pouvait payer son insolent

Triomphe... il eût été vaincu par mon Roland!
Mais nul — nul! — ne pourrait abattre l'invincible
Pour qui l'Archange noir combat!

ISABELLE *(Lucile).*

　　　　　C'est impossible!

DON PEDRO *(Amadis).*

Impossible, peut-être, et j'essaierai pourtant
De prendre corps à corps l'Immortel Combattant...

BIANCA *(Leanor).*

Vous!

DON PEDRO *(Amadis), à Isabelle (Lucile).*

　　Tout à l'heure, ici, vous demandiez la preuve
De mon amour! Hé bien, acceptez cette épreuve!
Je vous rapporterai le sceptre d'or d'Argan!
Dût-il à son secours appeler l'ouragan!
Dût la foudre porter les javelots qu'il lance!
Dût Satan lui prêter sa cuirasse et sa lance!
Dussé-je assiéger Tyr dix ans, comme Ilion,
Je veux vaincre pour vous!

ISABELLE *(Lucile)*

　　　　Partez donc, mon lion!

DON PEDRO, *cessant de jouer.*

Señor auteur!

QUIJADA.

Hé bien?

DON PEDRO.

Une toute petite

Remarque !

QUIJADA.

Plus tard !

DON PEDRO, *impertinent*.

Non — maintenant !

QUIJADA.

Faites vite.

DON PEDRO.

D'après moi, c'est traiter un héros assez mal,
Que d'aller lui donner le nom d'un animal !
Et puis songez que tous mes amis dans la salle
Vont rire. Il est certain qu'ils saisiront la balle
Au bond ! Vous comprenez ? ils vont crier : « Lion ! »
Leurs cris troubleront la représentation...
On devra s'interrompre, et puis.....

QUIJADA.

C'est mon affaire.

Vous, dites bien vos vers. C'est assez !

ISABELLE.

Je préfère

Ne rien dire du tout que de dire cela.
Don Pedro n'a pas tort, et ce passage-là
Fera rire.

BIANCA, *avec le dédain d'une intelligence supérieure.*

Pour moi, Señor, une princesse,
Surtout quand le destin l'abaisse et qu'elle cesse
De régner, ne doit pas demander à s'asseoir
Parmi des serviteurs!...

DON PEDRO.

Non!

BIANCA.

Il ne peut lui seoir
De s'humilier pour un instant de bien aise.

DON JUAN, *majestueux et triste.*

Señor, mon père est mort à Fontaine-Française,
Mort en brave, tué par ceux du roi Henri.
On dira que j'oublie un souvenir chéri,
Que, singulièrement, moi, son fils, je déroge
En justifiant par ma prestance l'éloge
Que l'on fait dans vos vers des chevaliers français!

LA DUÈGNE, *avec une modeste suffisance.*

Il me semble que la duègne, avec succès,
Pourrait placer quelques paroles bien senties
Au milieu de la scène... On a ses sympathies
Bien que duègne... on a...

QUIJADA, *l'interrompant.*

C'est bon!... Continuons...

DON PEDRO.

Je le regrette, mais...

DON JUAN.

Mais nous restituons

Les rôles à l'auteur!

Tous tendent leurs rôles à Quijada.

DON ESTEBAN, *s'interposant mollement.*

Señors!...

DON PEDRO.

C'est la coutume.

ISABELLE.

Nous le faisons avec regret.

LA DUÈGNE.

Oh! — Amertume!

DON PEDRO.

On ne refuse pas une correction!

DON JUAN.

Jamais.

BIANCA.

Quelques mots!...

ISABELLE.

Rien que quelques mots!

DON PEDRO.

« Lion »!

14

BIANCA.

« Nous asseoir au milieu des serviteurs de celle... »
Et cœtera !...

DON JUAN.

Pour moi, la scène est trop cruelle,
En chevalier français, je veux être Espagnol !

QUIJADA, *ironique, bas à Dorothée.*

Rolando de Villapierra ! Vraiment !

DOROTHÉE, *à Quijada.*

Quel fol !

LA DUÈGNE.

Pour moi quatre ou cinq vers, je serai satisfaite !...

DON ESTEBAN, *bas à Quijada.*

Il faut bien en passer par là, mon cher poëte,
A moins... de retirer la pièce !

DOROTHÉE.

Non !

QUIJADA.

Jamais !

DON ESTEBAN.

Il faut choisir ; ils sont dans leur droit.

DOROTHÉE.

Mais... vous ?

DON ESTEBAN.

Mais,

Je ne puis les forcer à dire des paroles
Qu'ils ne veulent pas dire. Ils acceptent les rôles,
Je ne puis exiger plus d'eux.

QUIJADA.

Je ne veux pas.

Il faut modifier toute la scène.

DON JUAN, *riant, bas aux autres.*

Hélas !...

DON ESTEBAN.

C'est fâcheux, très fâcheux ! Pourtant...

Il continue à exhorter Quijada. Les acteurs ont formé un autre groupe à gauche de la scène.

DON PEDRO, *à Bianca.*

Bravo !

BIANCA, *bas aux autres.*

J'espère

Que nous sommes sauvés.

ISABELLE, *à don Juan.*

Je vais dire à ton père
Ce soir, comment tu l'as fait mourir noblement.

LA DUÈGNE, *observant Quijada qui discute avec Esteban.*

Il ne cédera pas !

QUIJADA, *à Esteban.*

Si c'était seulement
Un mot, mais il faudrait changer la scène entière!

DON PEDRO, *aux autres acteurs.*

Et tous les figurants nous regardent.

DON ESTEBAN, *à Quijada.*

                     Matière

A réflexion!

QUIJADA.

Non, je ne veux rien changer.

DON ESTEBAN, *à Quijada.*

Désolé! moi, je dois demeurer étranger
A tout cet incident.

SCÈNE VI

LES MÊMES, LE CURÉ.

LE CURÉ, *tendant une lettre à Dorothée.*

Voici pour vous, ma nièce!

DON ESTEBAN, *saluant le Curé.*

Señor curé!...

    A Quijada.

      Si vous retirez votre pièce
J'en serai désolé!

  Au Curé avec empressement.

        Vous avez voulu voir
Un théâtre?

    LE CURÉ, *à Dorothée.*

  Lisez!...

Il s'éloigne avec Esteban qui, joyeux d'échapper à une situation difficile, s'empresse à lui servir de guide.

    QUIJADA, *à Dorothée.*

  Que faire?

    DOROTHÉE.

       Il faut avoir
Le courage, pour moi, de céder.

    QUIJADA.

        Mais écoute,
Cette scène est, vois-tu, comme la clef de voûte
Du drame entier. Chacun parle comme il le doit.

    LE CURÉ, *à Esteban qui lui montre le théâtre.*
Comme c'est grand!

    ISABELLE, *aux autres acteurs.*

      C'était un stratagème adroit!

QUIJADA, *à Dorothée.*

J'ai bien étudié, pesé chaque parole,
Il faudrait tout changer, créer un nouveau rôle...

DOROTHÉE.

Oui, dites-leur cela! Moi, tout ce que je vois,
C'est que, quand je demande une chose, ma voix
Ne semble pas avoir sur vous grande influence!

QUIJADA.

La scène deviendrait inepte!... La nuance
Légère entre les deux caractères...

DOROTHÉE.

C'est bien,

Expliquez-leur cela!

QUIJADA.

Oui... je vais voir...

Il va vers le groupe des acteurs.

LE CURÉ, *à Esteban.*

Combien

D'artistes comptez-vous, señor, dans votre troupe?

DON ESTEBAN.

Onze ou douze!

LE CURÉ, *montrant les machinistes.*

J'en vois déjà plus, dans ce groupe.

DON ESTEBAN.

Ce sont des figurants!

QUIJADA, *aux acteurs.*

Je viens vous expliquer
Les détails de la scène. Il faut bien remarquer
Qu'un auteur n'écrit pas un drame sans se rendre
Compte de la valeur de chaque mot, sans prendre
Grand soin de les peser tous. C'est comme un tableau
Que l'on dessine.

DOROTHÉE.

Tiens! Du père de Pablo!

Lisant.

« Je viens, mon cher Curé, vous faire mes excuses.
« J'apprends qu'on va jouer le favori des Muses
« Du Toboso, ce cher et digne Quijada.
« Je viens m'humilier, mon vieux Torquemada!
« Pardonnez à l'impie et revenez-lui vite.
« Il nous faut marier nos deux enfants de suite,
« Car mon pauvre Pablo semble devenir fou!... »

Riant.

Il est jaloux! C'est très gai!

Lisant.

« Je vous saute au cou,
« Après m'être à vos pieds roulé de façon vile!
« Vos prières ont fait un miracle. Inutile
« De répondre. Venez. » Prières souligné!
Ce bavard de Pablo!...

Au Curé.

Mon oncle, il a signé :

« Votre Pénitent ».

LE CURÉ, *riant.*

Quand partons-nous?

DOROTHÉE.

Tout de suite!

LE CURÉ.

Soit!

DOROTHÉE.

Allons!

DON ESTEBAN, *au Curé.*

Enchanté, señor, de la visite.

QUIJADA, *aux acteurs.*

C'est impossible!

DON PEDRO, *avec hauteur.*

Nous ne pouvons transiger.
Il faut nous accorder tout ou rien!

QUIJADA, *à part.*

Exiger

Sur ce ton!...

DON PEDRO.

Croyez-moi, señor, le cœur m'en saigne,
Mais c'était convenu. Don Juan et la duègne
Doivent avoir aussi leurs changements!

QUIJADA.

Non!... — non!..,

La pièce tomberait!... Il s'agit de mon nom!..,
Ce que vous demandez est vraiment impossible.
Je changerai des mots, des vers, soit!

LA DUÈGNE, *à part.*

L'inflexible

A fléchi!

QUIJADA.

Mais changer un caractère entier...
Il faudrait tout mettre à nouveau, sur le métier!
Je ne céderai pas!... Je retire la pièce!

DOROTHÉE, *qui s'est rapprochée, à Quijada.*

Adieu!...

QUIJADA.

Dorothée!... Ah!... Ne partez pas!...

LE CURÉ, *serrant les mains à Quijada.*

Ma nièce

Et moi, nous retournons au Toboso.

QUIJADA.

Mon Dieu!...

A Dorothée.

Écoutez!

DOROTHÉE.

Je ne veux rien écouter! Adieu!
Je ne veux pas dix fois vous faire une prière!

Elle s'éloigne avec le Curé.

SCÈNE VII

LES MÊMES *moins* DOROTHÉE *et le* CURÉ.

QUIJADA.

Dorothée!... — Elle avait des pleurs sous la paupière...

DON ESTEBAN, *s'approchant de Quijada qui reste immobile,*
atterré par le départ soudain de Dorothée.

C'est décidé! Jamais vous ne vous résoudrez?...

QUIJADA, *d'une voix brisée, aux acteurs.*

Señors, je changerai tout ce que vous voudrez!

ACTE IV

La Fin du Rêve

Le jardin du Curé au Toboso.

ACTE IV

SCÈNE PREMIÈRE

DOROTHÉE, PABLO.

DOROTHÉE, *riant.*

Une chute terrible, éclatante, inouïe!
Des rires, des clameurs, des sifflets; une pluie
D'invectives, de mots plaisants et, qui pis est,
D'amandes et de peaux d'orange. On remplissait
Dix paniers de tous les débris à chaque entr'acte.
Cela tombait, tombait comme une cataracte!
Sancho, qui m'a donné ces détails, m'a conté
Qu'avant la fin de la pièce, un jeune effronté,
A grimpé sur la scène, et dit : « Je remercie

« Don Esteban : sa fête était très réussie,
« Et je demande, au nom du public, à poser,
« Sur le front pur de l'ingénue, un pur baiser;
« Sur le front de l'auteur, qu'au silence on condamne,
« Ce laurier... » Le laurier, c'était un bonnet d'âne!

PABLO.

Et Quijada?

DOROTHÉE.

Je crois qu'il revient ce matin!

PABLO.

J'espère que l'absurde orgueil de ce crétin
Ne résistera pas à cet échec! J'abhorre
Cet animal!

DOROTHÉE, *coquette*.

Pourquoi... dis?

PABLO.

Toute l'hellébore
Du monde ne pourrait le guérir d'être un sot!

DOROTHÉE.

Voyons, Pablo!...

PABLO.

J'ai dit et je maintiens le mot!
On a pitié d'un fou, mais non d'un imbécile.
La folie est auguste et la sottise est vile.
Cet homme n'est qu'un fat!

DOROTHÉE.

Un fat?...

PABLO.

N'a-t-il pas cru
Que tu le préférais à moi?

DOROTHÉE, *riant.*

Tu n'as couru
Qu'un danger très minime.

Elle lui tend la main. Il la prend sans tendresse. Coquettement.

Est-ce tout?

Il lui baise la main.

PABLO, *après un instant d'oubli.*

Sot grotesque!

DOROTHÉE.

A la même heure, dans trois jours, nous serons presque
Mariés! C'est affreux! — Au matin, tu viendras
Me chercher. Tu seras pâle. Tu te tiendras
Trop droit; et moi j'aurai mon air le plus suave
Et le plus blanc. Alors, couple modeste et grave,
Marchant les yeux baissés, mais le front haut, — très haut! —
Nous disant d'importants secrets : « Beau temps! très chaud!...»
Suivis de nos amis, nous irons à l'église...

PABLO, *qui ne l'écoute pas.*

Il a les yeux brûlés, ternis, la tempe grise,
Le front ridé.

DOROTHÉE, *impatientée*.

Tais-toi! Le pauvre homme est très bon!
Tais-toi! Je l'aime bien.

PABLO.

J'exècre ce barbon,
Laid, fat, prétentieux, avec ses grandes phrases
Et ses gros yeux noyés d'imbéciles extases.
Je le hais! N'a-t-il pas osé baiser ta main?

DOROTHÉE.

Mais non!

PABLO.

Tu me l'as dit!

DOROTHÉE, *mutine*.

Non!

PABLO.

Là, dans ce chemin
Creux.

DOROTHÉE.

Il le fallait bien!

PABLO.

Ne t'a-t-il pas serrée
Sur son cœur?

DOROTHÉE, *indifférente*.

Oh! Son cœur!...

PABLO.

La chose est-elle vraie?...

Oui ou non?

DOROTHÉE.

Et puis, quoi! La belle affaire!...

PABLO.

Un soir

Sous ce même olivier, ici, tu vins t'asseoir,
Tu lui laissas poser le front sur ton épaule.

DOROTHÉE.

Tu sais bien, n'est-ce pas, que je jouais un rôle,
Que c'était arrangé, que c'était convenu,
Que je n'aime que toi.

Très coquette.

Que toi.

PABLO, *avec rage.*

Sur ton bras nu,

Dis-moi, combien de fois a-t-il posé les lèvres?...

DOROTHÉE.

Quatre cent vingt-deux fois, mon cher ami.

PABLO.

Ses fièvres,

Ses désirs s'épanchaient à tes pieds.

DOROTHÉE.

Heureux pieds!

15.

PABLO.

Je veux que ces bonheurs, par lui soient expiés!

DOROTHÉE.

Le pauvre homme! Quand il saura que je t'épouse...

PABLO, *avec rage.*

S'il pouvait, comme un chien...

DOROTHÉE, *l'interrompant.*

Cette fureur jalouse

Est ridicule!...

PABLO.

Un vieux gâteux, infirme, oser
Te presser contre lui, te respirer, poser
Les lèvres sur ta main, sur ton front, sur ta bouche!...

DOROTHÉE, *fâchée et sérieuse.*

Non!

PABLO.

Qui sait, après tout, si tu fus peu farouche
C'est qu'il ne te déplaisait pas.

DOROTHÉE, *revenant à son ton léger.*

Que c'est vilain

D'être jaloux!

PABLO, *exaspéré.*

Adieu!

DOROTHÉE, *très indifférente.*

Tu pars?

PABLO.

J'ai le cœur plein
D'une amertume immense et je souffre, et tu railles!

DOROTHÉE, *riant.*

Appelle-moi *tigresse* ou bien *cœur sans entrailles,*
Cœur sans entrailles, dis, n'est-ce pas très joli
Cette épithète?...

PABLO.

C'est stupide!

DOROTHÉE.

Sois poli!
C'est stupide mais drôle...

Boudeuse.

Et toi tu n'es pas drôle!

PABLO, *après un instant de silence.*

Est-il resté longtemps le front sur ton épaule.

DOROTHÉE, *un peu triste.*

Quel enfant!... Et tu sais que je l'ai fait pour toi!
La comédie avait peu d'agréments, crois-moi!

PABLO.

Allons donc! Je t'ai vue, avec un air de fête,
Tous charmes déployés, partir à sa conquête.

DOROTHÉE.

Eh bien! Trois jours avant notre noce, il s'en faut
Que tu t'aveugles sur... mon défaut.

PABLO.

Ton défaut!...

DOROTHÉE.

Mais je n'en ai qu'un seul j'espère!

PABLO.

Il en vaut mille!

Coquette!...

DOROTHÉE, *résignée*.

Ah!

PABLO, *regardant au dehors*.

Le voilà!

DOROTHÉE.

Qui?

PABLO.

« Lui! » — Cet imbécile!

DOROTHÉE.

Il est donc de retour?

PABLO.

Il vient de ce côté
Se mettre aux « heureux pieds » de sa chère beauté!
Je vous laisse avec lui!

DOROTHÉE.

Pablo! Señor! Vous êtes...

PABLO.

Eh bien? Je suis?...

DOROTHÉE.

Un sot!

PABLO.

Écoutez! Vous vous faites
Un jeu de mes tourments...

DOROTHÉE.

Moi!

PABLO.

Si vous m'aimez, vous...

DOROTHÉE, *l'interrompant.*

Dis-moi « tu », scélérat! Ces hommes sont-ils fous!...

PABLO.

Je ne plaisante pas! Vous direz à cet homme
Ici même, à l'instant, devant moi...

DOROTHÉE, *l'interrompant.*

C'est tout? — Comme
Te voilà solennel! Quelle sévérité
Dans tes yeux!... Oh!

Elle feint une terreur profonde, puis, mutine, demande :

Je lui dirai?...

PABLO.

La vérité!

DOROTHÉE.

Comment, « la vérité » ?

PABLO.

Toute! Entièrement!

DOROTHÉE.

                                        Songe
Que je ne puis ainsi confesser mon mensonge!

PABLO.

Pourquoi pas?

DOROTHÉE.

        Il faudrait alors tout avouer?...
Comment, pour toi, j'en suis venue à me jouer
De lui, de son amour?...

PABLO.

        Pourquoi pas?

DOROTHÉE.

                        Je t'en prie,
N'insiste pas! C'est trop cruel! J'admets qu'on rie
Des gens, sans les blesser, sans les peiner, sans leur
Causer du chagrin... Mais, insulter la douleur
D'un pauvre être qu'on dut tromper, c'est impossible!

PABLO.

Vraiment!

DOROTHÉE.

Ce serait mal!

PABLO.

Vraiment! Je suis sensible
A ces beaux sentiments qui te viennent si tard!
Ce rimeur vaniteux, ce poète vantard,
S'en ira donc partout raconter que ma femme,
Doña Pablo Perez, nourrissait en son âme
Un tendre sentiment pour lui, mais qu'en raison
D'un caprice soudain, — banale trahison! —
Je devins son époux, moi! malgré les promesses
Qu'on s'était faites!

DOROTHÉE.

Mais...

PABLO, *avec rage.*

Non!

DOROTHÉE, *à part.*

Je paierai trois messes
A saint Jacques, s'il m'aide à me tirer d'ici!
Haut.
Raisonnons...

PABLO.

Non!

DOROTHÉE.

Voyons...

PABLO.

Non!

DOROTHÉE.

Discutons...

PABLO.

Non !

DOROTHÉE, *furieuse.*

Si !

PABLO.

Si tu m'aimes vraiment, si tu m'aimes, écoute :
Je dis « *si...* » *Si,* — cela veut dire que je doute
D'un amour peu pressé de remplir mes souhaits !
Tu vas humilier l'orgueilleux que je hais
A l'instant, devant moi !

DOROTHÉE.

Non !

PABLO.

Alors, de ta vie
Tu ne me reverras ! Choisis.

DOROTHÉE, *à part.*

J'ai bien envie...
Oh !... Lorsque je serai doña Perez j'aurai
Mon tour !

PABLO.

Eh bien, décide-toi !

DOROTHÉE, *suppliante.*

Mon adoré...

PABLO.

Veux-tu ?

DOROTHÉE.

Ne parle pas comme un maître sévère.

PABLO.

Veux-tu ?

DOROTHÉE.

C'est vraiment mal, ce que nous allons faire !

SCÈNE II

DOROTHÉE, PABLO, QUIJADA.

QUIJADA, *à Dorothée*..

Enfin, je vous revois ! On vous a dit, déjà,
Quelle tempête immense et folle submergea
Notre pauvre *Amadis ?* Ce fut une déroute
Inouïe... et j'étais seul, — bien seul ! — contre toute
Cette foule hurlante et joyeuse. Ce fut
Un désastre ! Chacun semblait être à l'affût

16

D'un vers à souligner, d'une scène à reprendre,
D'un mot à double sens, — toujours pour le mal prendre!
Cervantes a raison! Je n'ai pas de talent!
Hélas! j'en suis trop sûr! C'est un coup accablant!...
Non pas de se sentir ridicule : il n'importe!
Mais l'âme que j'avais crue immortelle est morte!
Ces pauvres vers où je croyais qu'elle chantait,
Où je croyais avoir du rêve qui hantait
Mes veilles, exprimé la douceur idéale,
N'étaient que le cri faux d'une ivresse banale!
Pourtant... vous les aimiez! Ah! j'étais bien content
Que vous fussiez partie... — Un désastre éclatant!.. —
Oui! J'étais bien content que vous fussiez partie!
Après chaque tirade et chaque repartie,
C'étaient des hurlements et des cris d'animaux!...
Oh! Vous en eussiez ri malgré vous! Des gros mots :
Imbécile! Stupide! Incohérent! Grotesque!
Voilà ce qu'on criait tout le temps. J'ai cru, presque,
Qu'on me massacrerait! — Mais vous ne dites rien!
Vous savez... j'ai cédé... Puis ce n'était pas bien
Encore... il a fallu des changements sans nombres...
Je ne me retrouvais plus parmi les décombres
De ma pièce. Ils m'ont fait couper... Mais vous avez
L'air... de ne pas... Pourtant...

PABLO, *bas à Dorothée, avec rage.*

Je m'en vais!

Il s'éloigne et, voyant qu'on ne fait rien pour le retenir, va s'asseoir sur le banc, d'où il essaye d'écouter, mais sans entendre.

QUIJADA.

Vous savez
Que je n'ai pas voulu vous faire de la peine!
Vous nous avez laissés avec un air de reine
Offensée!... — Oh! c'était très mal de votre part! —
Vous ne le croirez pas : votre soudain départ
M'a préoccupé plus, durant ces jours funèbres,
Que tout le reste... Oui! j'étais dans les ténèbres,
Si loin de vous! Si loin... et j'aurais tant voulu
Vous demander pardon de vous avoir déplu.
Mais vous ne dites rien!... Vous me croyiez, peut-être,
Un homme de génie, un grand poète, un maître
Dans l'art sacré des vers, — et vous ne croyez plus!...

DOROTHÉE, *très embarrassée.*

Je crois... j'aime vos vers... ceux que vous m'avez lus
Étaient très beaux!... très beaux!...

PABLO, *à part.*

Elle ose lui sourire,
Devant moi!

DOROTHÉE.

Seulement...

QUIJADA, *l'interrompant.*

Ah! laissez-moi vous dire!
J'ai beaucoup réfléchi, durant ces sombres jours,
J'ai beaucoup réfléchi... je garderai toujours,
Une reconnaissance infinie et suprême,
Au seul être ici-bas, qui m'ait dit : Je vous aime!

Mais j'ai vu... j'ai compris, en réfléchissant bien,
Que je n'ai rien au monde à vous offrir. Non! Rien!
Rien! Plus même l'espoir! Ma vie est terminée,
Et vous seule en avez fait douce une journée!
Épousez ce jeune homme! Il le faut! Vous serez
Heureuse! Et quelquefois, dites, vous penserez
A moi, qui vous aimais avec toute mon âme!

PABLO, *à part, avec rage.*

Il lui parle tout bas!...

QUIJADA.

Quand vous serez sa femme,
Je pourrai bien vous voir, parfois, de loin, un peu!
Penser à vous, toujours! comme on pense à son Dieu,
Et savoir que je tiens une petite place
Dans votre cœur!... De moi vous seriez vite lasse...
Ainsi, vous vous direz : Là-bas, il est quelqu'un
Qui ferait tout pour moi! Tout! Croyez-moi! Pas un
Sacrifice, — pas un! — que le cœur plein de joie
Je n'accepte pour vous!... — Quand vous serez en proie
A quelque penser triste, à quelque rêve noir,
Vous songerez à moi... vous vous direz, le soir,
A l'heure où le jour meurt dans la nue enflammée :
« Tout s'éteint! Mais au moins, moi, je fus bien aimée!... »
Je suis brave! Tenez! Vos mains!

Il lui tend les deux mains et elle y met les siennes.

Regardons-nous!

D'une voix ferme mais qui trahit toute son immense tendresse.

Allez-vous en, Bonheur!... Je ne veux pas de vous!

PABLO.

Il lui serre les mains!... Mais... elle est insensée!...

S'avançant vers Quijada et Dorothée.

Señor!... Ne touchez pas, señor, ma fiancée!

Il prend le bras de Dorothée.

QUIJADA.

Votre fiancée! Elle!

PABLO.

Oui, señor!

DOROTHÉE, *essayant d'interrompre Pablo.*

Écoutez!

PABLO, *à Quijada.*

Depuis un mois bientôt, et si vous en doutez
Demandez-lui!

DOROTHÉE.

Pablo!

QUIJADA.

Comment! C'est impossible!

PABLO.

Vous trouvez!... Qu'elle soit demeurée insensible
A vos charmes vous semble impossible! Vraiment!
Nous nous sommes tous deux joués de vous!

QUIJADA, *à Dorothée.*

Il ment?...

16.

PABLO.

Je mens! Pour des raisons... inutiles à dire,
— Son oncle et mon père. — Oh! Vous pouvez les maudire!
— Ne voulaient nous unir, — écoutez bien cela!
Que si l'on acceptait à la Zarzuela
Un de vos... comment donc? — chef-d'œuvres! Leur pensée
Était claire!... Mais nous, — vertu récompensée
A cette heure! — Nous deux, nous avons espéré
Contre toute espérance! Elle a dit : « Je ferai
« De lui ce que je veux, en caressant la sotte
« Vanité de ce tendre et galant Don Quiqhotte!... »
Et je confesse, à voir le succès absolu
De nos plans, qu'elle a fait tout ce qu'elle a voulu
De vous!...

DOROTHÉE, *s'écartant de Pablo avec honte et colère.*

Oh!

PABLO, *à Quijada.*

Dans trois jours, mon brave homme, à cette heure
Nous serons mariés! Vous aurez la meilleure
Place à l'église!

QUIJADA, *à Dorothée.*

Mais... non... je ne comprends pas...
Que dit-il? Il se moque?...

A part.

Elle pleure!...

PABLO, *prenant le bras de Dorothée.*

Ton bras!

A Quijada.

Señor, c'est un sujet pour une comédie
Que nous verrons, sans doute, un beau soir « applaudie »
A Madrid !... Un sujet dont je vous fais cadeau !
Le « héros » est blotti derrière le rideau,
Pour mieux espionner les amants !... Il se cache
Soigneusement !... Pourtant, figurez-vous qu'on sache
Qu'il est là... que l'un des amants soit averti !...
Un auteur de talent tirerait grand parti
De cette idée ! On peut, et la chose s'est faite,
La mettre à profit... même en n'étant point poète !...

QUIJADA, *à Dorothée.*

Oh ! vous n'avez pas cru, n'est-ce pas ? jamais !..

DOROTHÉE.

Non !

QUIJADA, *à Dorothée.*

Que veut-il dire ?... Il raille ?...

PABLO, *à Dorothée.*

Ai-je dit vrai ? Mon nom
Sera-t-il votre nom, dans trois jours, à cette heure ?
Nous sommes-nous joués... du poète ?...

QUIJADA, *à part.*

Elle pleure !...

C'est donc vrai !

PABLO, *à Dorothée, très violent.*

Dites !

DOROTHÉE, *d'une voix étouffée.*

Oui !

PABLO, *à Quijada, très haineux.*

Vous triomphiez de moi,
Votre fatuité généreuse...

DOROTHÉE, *à Pablo.*

Tais-toi !

Allons-nous en !

PABLO

Attends ! Mais c'était moi, grand homme,
Qui me moquais de vous, qui riais à voir comme
Vous vous croyiez aimé dans votre orgueil naïf !
Vous n'avez pas été vraiment persuasif,
Et tous vos beaux discours, et vos vers, et vos proses,
Qu'elle me répétait pour charmer les moroses
Instants de notre attente, ont eu peu de succès !
Je ne suis qu'un soldat, pas malin ! je le sais,
Mais je l'aime et c'est mon amour qu'elle préfère
Au vôtre ! A votre amour de barde, de trouvère,
De paladin, d'auteur immortel... et d'aïeul !...

QUIJADA, *qui n'a pas écouté.*

C'est bon !... Je voudrais bien que vous me laissiez seul !

DOROTHÉE, *très froide à Pablo.*

Le sentier est étroit ! Marchez devant !

*Elle sort derrière lui, après avoir regardé Quijada d'un air
plein de perplexité.*

SCÈNE III

QUIJADA. *Machinalement il va s'asseoir sur le banc, ramasse le livre de Dorothée et se met à lire d'un air égaré, sans paraître rien comprendre à ce qu'il dit.*

                         Isole

Comprit que le héros l'aimait. Nulle parole
Ne peut rendre l'ivresse ardente de ces soirs
Qu'ils passaient enlacés...

       Laissant tomber les mains qui tiennent le livre, en un geste d'une lassitude immense :

                Comme ces mots sont noirs !

SCÈNE IV

QUIJADA, LE DOCTEUR, LE CURÉ. *Le docteur
et le curé se regardent comme s'ils avaient envie de se dévorer.*

LE DOCTEUR.

Il fait beau!

LE CURÉ.

Très beau!

LE DOCTEUR.

Oui!

LE CURÉ.

Très beau!

LE DOCTEUR.

Le soleil brûle.

LE CURÉ.

Le ciel...

LE DOCTEUR, *sursautant.*

Hein? — le serment!

LE CURÉ.

Vous êtes ridicule!

LE DOCTEUR.

N'avons-nous pas juré de ne plus prononcer
Un seul mot qui pourrait faire recommencer
Nos disputes!

Après un silence.

LE CURÉ.

Beau temps!...

LE DOCTEUR.

La raison...

LE CURÉ, *l'interrompant.*

Prenez garde!

QUIJADA, *s'avançant vers le curé.*

Croyez-vous que quelqu'un de tout-puissant regarde
D'en haut l'humanité?...

LE CURÉ.

Que dit-il?

QUIJADA.

Croyez-vous
Qu'Il comprenne vraiment tous nos désespoirs... Tous?
Croyez-vous qu'Il soit là penché sur notre terre,
Heureux, d'un infini bonheur que rien n'altère,
A s'enivrer des chants d'amour de Ses élus?...
Oui! Tandis qu'ici-bas, en efforts superflus,
L'homme, pour échapper à la douleur s'épuise,

Et que tout le meurtrit, le déchire, le brise,
Il s'enivre des chants d'amour de Ses élus!...
Il a tant vu souffrir... cela ne L'émeut plus!...

Il sort.

SCÈNE V

LE CURÉ, LE DOCTEUR.

LE CURÉ.

Que dit-il?... Il devient... Ces yeux hagards...

LE DOCTEUR.

Je pense
Qu'il serait plus prudent que cette effervescence,
Entre quatre bons murs exhalât ses transports!
Je craindrais pour mon fils, d'après certains rapports...
On pourrait prendre... des mesures... temporaires!...

LE CURÉ.

Ah!... Oui!...

LE DOCTEUR.

Je ferai dire un mot à ces bons frères!...

ACTE V

La Résurrection du Rêve

Le préau de l'Asile des Frères Célites au Toboso. — Au fond la Chapelle. A droite une large fenêtre coupée de barreaux énormes entre lesquels on aperçoit la campagne d'un brun pâle, très nue, sur laquelle le soleil se couche. — De tous côtés, de hauts murs noirs, des portes munies de gonds et de verroux; des fenêtres grillées. — Plusieurs bancs.

Au fond, des groupes de fous, qui se distinguent soit par le désordre ou la bizarrerie de leurs vêtements, soit par l'égarement de leurs yeux, soit par l'étrangeté de leur attitude ou de leur occupation. Deux ou trois figures sévères, renfrognées et bourrues de gardiens, surveillent la scène.

Au premier plan, trois bancs. Sur celui de droite « le Guerrier », sur celui de gauche « le Persécuté », sur celui du milieu Quijada et « l'A-mante ». Au second plan, « la Mère », « le Religieux » et « l'Artiste ».

De temps en temps, des cris et des plaintes se font entendre au loin, derrière les murailles.

ACTE V

—

SCÈNE PREMIÈRE

QUIJADA, LA MÈRE, L'AMANTE, LE RELI-
GIEUX, L'ARTISTE, LE GUERRIER, FRÈRES
CÉLITES, GARDIENS, LE PERSÉCUTÉ, PLUSIEURS
FOUS.

LA MÈRE.

*C'est une folle d'une quarantaine d'années. Vêtue de sombre.
De longs cheveux gris en désordre. Elle berce une poupée en bois
très grossièrement faite mais vêtue avec le plus grand soin. Elle
chante sur un air monotone :*

« Mon amour, dormez!
« Mon amour, dormez! »

UN FOU, *riant d'une façon stridente.*

Ah! Ah! Ah!

UN FRÈRE, *à la Mère.*

La chanson n'est pas très variée!...

QUIJADA, *se parlant à lui-même.*

C'est aujourd'hui matin qu'Elle s'est mariée...
Il fait très beau... Rien ne L'aura contrariée!...

LE FRÈRE, *à la Mère.*

Chantez donc autre chose!...

LA MÈRE, *montrant sa poupée.*

Elle dort, taisez-vous!

QUIJADA, *se levant, au frère.*

Frère!... Me faudra-t-il vivre parmi ces fous
Encor longtemps?...

LE FRÈRE, *sans conviction.*

Non! Non!

QUIJADA.

Combien?

LE FRÈRE, *pour s'en débarrasser.*

Une semaine!

*Quijada va se rasseoir machinalement. On voit que les deux
jours qui viennent de se passer l'ont brisé. Il a vieilli.*

LE GUERRIER, *un homme dans toute la force de l'âge, chevelure
hirsute, barbe inculte. Un casque en papier, un sabre en bois, un
bouclier en carton, tout troué. Riant d'une façon stridente.*

Ah! Ah!

Mystérieusement, se parlant à lui-même.

Les ennemis sont là, dans une plaine...
Trois fois plus nombreux ! — Non ! — Six fois ! — Leur foule est pleine
De confiance !... Ils vont, ils s'avancent aux sons
Des clairons, des tambours, des fifres... Des frissons
Agitent les drapeaux dont la pourpre enflammée,
Flotte au-dessus des fers de lance de l'armée...

L'AMANTE, *une jeune fille de vingt ans, blonde, une couronne de*
feuillage, à moitié fanée posée sur la tête. Elle est vêtue de blanc.

Il me disait : C'est toi ma seule bien aimée !...

LE GUERRIER.

Ils se croient triomphants déjà ! Ah ! Ah ! Je ris.
Nous sommes moins nombreux... six fois. Non ! vingt ! Leurs cris
Font trembler mes soldats. Mais moi je ne redoute
Rien ! et je ris. — Ah ! Ah ! — je ris ! Nul ne se doute
Que moi, j'ai fait creuser des mines sous la route,
Que cent barils de poudre y furent enfouis !...

L'ARTISTE, *une figure à la Rembrandt, petit bonnet de velours*
coquettement posé sur de longs cheveux, les yeux seuls trahissent la
folie ainsi que l'exaltation des gestes. Il parle au Religieux.

Ah ! l'existence est douce et bonne et j'en jouis !
Ah ! les femmes ! les fleurs ! les oiseaux ! la verdure !
Le soleil ! le printemps ! l'amour ! Ah !...

LE RELIGIEUX, *une figure émaciée,*
d'une maigreur et d'une lividité cadavériques sous une cagoule de bure.

Rien ne dure !

17.

Cette existence n'est qu'une épreuve très dure
Mais qui finira vite.

> QUIJADA, *qui s'est promené avec agitation.*
>> Elle devait avoir

Un voile blanc!...

> L'ARTISTE, *au Religieux.*
>> Erreur!

> QUIJADA.
>> J'aurais voulu La voir...

J'ai peur de devenir comme eux!...

> L'ARTISTE, *au Religieux.*
>> La vie est douce!

> LE RELIGIEUX, *à l'Artiste.*

Non! la vie est atroce!

> LE GUERRIER, *se parlant à lui-même, avec une joie féroce
> et sournoise.*
>> Ah! le démon les pousse

> L'AMANTE, *continuant à rêver.*

Sous les platanes... le vieux banc couvert de mousse,
Si bien caché...

> LA MÈRE, *serrant passionnément sa poupée.*
>> Ma fille!

> QUIJADA, *qui les a tour à tour écoutés et observés,
> se cachant le visage dans les mains.*
>> Ah! l'horreur!

L'ARTISTE, *au Religieux.*

Croyez-moi !
Tout est fait pour donner à l'homme cet émoi
Sans nom, qui fait bondir les cœurs les plus moroses,
Et qui les fait s'épanouir devant les choses,
Où la Nature a mis de la Beauté.

L'AMANTE, *regardant des débris qu'elle a tirés d'un sachet*
de soie qu'elle portait dans son corsage.

Les roses
Qu'il me donnait n'ont plus l'air de roses !...

L'ARTISTE, *au Religieux.*

Les fleurs !
Comprenez-vous le charme infini des couleurs !...

LE RELIGIEUX.

La Vertu seule est belle aux yeux de Dieu !

QUIJADA, *qui les écoute avec horreur, au frère célite.*

Mon frère !
Une semaine c'est... long ! Bien long.

LE GUERRIER, *à part, poursuivant sa chimère.*

Téméraire !
Ta vie est dans mes mains !

L'ARTISTE, *au Religieux.*

Ah ! Pour l'homme au contraire,
La Vertu c'est la sœur de la Laideur, souvent !

QUIJADA.

Croyez-vous que bientôt, mon frère...

Le frère s'éloigne; Quijada va tomber anéanti sur le banc à côté du Persécuté.

LE PERSÉCUTÉ, *un petit vieillard à l'air très raisonnable, physionomie futée et défiante, à Quijada.*

Quel bon vent

Vous amène ?

Sur un mouvement de crainte de Quijada.

Oh! non, non!... N'ayez aucune crainte!
Je ne suis pas comme eux, moi!... Ma folie est feinte!
Vous ne connaissez point mes enfants, n'est-ce pas ?
Alors vous êtes mon ami!

QUIJADA.

Comment ?

LE PERSÉCUTÉ, *avec terreur.*

Plus bas!...

Après avoir regardé si nul ne les observe.

Ils se sont entendus pour conspirer ma perte.

QUIJADA, *avec indignation.*

Pour vous faire enfermer?...

LE PERSÉCUTÉ, *terrifié.*

Plus bas!.. Je vois que certe,
Vous ne connaissez point leurs usages!

QUIJADA.

Non!

LE PERSÉCUTÉ.

                     Non!

Quand on crie, on vous met, là, dans un cabanon,
Dans une cage en fer. Il suffit qu'on s'agite,
Qu'on se montre irritable ou rebelle, et bien vite
De peur d'accidents, on vous y jette! L'enfer
N'est pas plus effrayant! Chaque cage est en fer,
Derrière les barreaux étroits, des faces pâles
Grimacent. Des sanglots, des blasphèmes, des râles,
Des rires plus affreux encor, déchirent l'air...
Un jour, j'ai vu — j'en garde un frisson dans la chair! —
Le corridor sinistre où sont toutes ces cages,
Et depuis lors, j'ai peur!... Les coups et les outrages
Me laissent calme et froid. Il vous faut désormais
Prendre garde! On n'en sort jamais vivant! Jamais!

QUIJADA, *avec terreur.*

Mais pourquoi suis-je ici, moi! Ma tête s'égare!
Je n'ai rien fait! rien dit à personne!

LE PERSÉCUTÉ.

                   Non!... Gare!

Le frère vous regarde!

QUIJADA.

               On est venu, le jour
Où... oui, le jour où tout s'est brisé sans retour,
Me raconter que Dorothée était venue
Ici, puis, je ne sais, qu'on l'avait retenue
Pour quelques mots, et qu'il fallait négocier

Sa délivrance... Enfin un piège si grossier,
J'aurais dû...

LE PERSÉCUTÉ, *sursautant.*

— Ah!... J'ai cru qu'il me touchait l'épaule!
Gare!

QUIJADA, *à part.*

D'un bout à l'autre elle jouait un rôle!...

LE PERSÉCUTÉ.

Moi, mes enfants voulaient m'assassiner... mes dix
Enfants!

QUIJADA.

Comment!

LE PERSÉCUTÉ.

... voulaient me mettre en paradis
Pour se partager mon héritage.

QUIJADA.

Impossible!

LE PERSÉCUTÉ.

Alors, lassé, vous comprenez, d'être la cible
De leurs coups incessants, j'ai suivi le conseil
De fidèles amis : j'ai feint d'être pareil
A ces gens, et du'moins, ici, je vis tranquille.

Il rit d'une façon terrible.

QUIJADA, *montrant l'Amante.*

Qu'est-ce que cette enfant?

LE PERSÉCUTÉ.

         Oh! C'est une imbécile!

Elle est folle à lier.

     Riant.

         L'amant qu'elle adorait

L'a trompée.

     L'AMANTE, *se parlant à elle-même.*

     Aimes-tu l'odeur de la forêt?

Après la pluie, en mai, l'odeur fraîche des branches?...

Les marronniers jonchent le sol d'étoiles blanches!

       QUIJADA.

La pauvre fille!...

     LE PERSÉCUTÉ.

       Elle est stupide! Elle croit tout

Ce qu'on lui dit! Vous la feriez aller au bout

Du monde en lui contant que l'animal qu'elle aime

S'y trouve. Alors, — chut! — Moi, j'use d'un stratagème

Qui vous prouvera bien que je ne suis pas fou!

On nous nourrit, très peu... j'aime à manger mon soû,

Et l'abstinence n'est pas mon fort! — Prenons garde,

Je m'anime et je crois que le frère regarde! —

Écoutez! J'ai promis à la naïve enfant

Que si, durant un an tout entier, triomphant

De sa faim, elle ajoute à ma part quotidienne

Au moins... — j'ai dit : *Au moins!* — les trois quarts de la sienne,

Elle aura le portrait de son bien-aimé roi!

Évidemment, je n'ai pas ce portrait-là, moi.

Mais elle a cru l'histoire et, depuis lors, je mange
Presque toute sa part.

QUIJADA.

Comment?

LE PERSÉCUTÉ.

Sa face change,
S'allonge, et je crois bien que l'espoir du trésor
Promis la mine plus que la faim!

QUIJADA, *avec horreur.*

Mais, Señor!...

LE PERSÉCUTÉ, *débordant d'une joie profonde.*

Elle compte les jours! Quand il faudra lui dire
La dure vérité, je m'entendrai maudire!...
Elle se fera mettre avec les autres, là.

Il montre le côté des cabanons.

QUIJADA, *debout, le prenant par le bras avec violence.*

Vous êtes un infâme!... Un misérable!...

Des gardiens et des frères saisissant Quijada.

Holà!

QUIJADA, *se débattant.*

Ah! Laissez-moi! Laissez! Cet homme... mon bon frère,
Si vous saviez!

LE FRÈRE, *à un gardien.*

Il faut, sans vous laisser distraire,
Le surveiller. Il peut devenir dangereux!

QUIJADA.

Écoutez!

LE FRÈRE, *avec autorité.*

Non! Plus tard! Calmez-vous!

QUIJADA.

C'est affreux,

Ce qu'il m'a raconté!

LE FRÈRE, *avec autorité.*

Calmez-vous!

QUIJADA, *effrayé.*

Oui!

A part, assis.

Tout semble

Tourner! Je ne veux pas voir tout tourner!... Je tremble!...
Est-ce que je n'ai pas aussi ces yeux hagards?
Est-ce qu'on ne lit pas aussi dans mes regards
Que je suis, comme ils sont, une pauvre cervelle
Détraquée?... Ah! j'ai peur! Ah! Je veux fuir vers Elle!...
Sortir de cet enfer!...

Après un instant de silence.

A-t-Elle su comment

On me traitait? Oh! non... — Non, non!... — En ce moment
Elle est déjà partie... Ils sont seuls dans le coche
Qui les emporte vers Madrid... — à deux!...

LE FRÈRE, *à Quijada.*

La cloche

A sonné le salut!

LE GARDIEN, *s'interposant.*

Mieux vaut qu'il reste ici,
Mon frère. Le grand air lui fait du bien.

Le frère acquiesce d'un signe de tête.

QUIJADA, *au gardien.*

Merci!

*Tous les fous se dirigent vers la chapelle qui se trouve dans le
fond. — Cortège de frères et de gardiens. — L'orgue prélude en
sourdine.*

SCÈNE II

QUIJADA, LE GARDIEN, *dans le fond. Celui-ci sort après
quelques instants.*

QUIJADA.

Je voudrais reposer, ne plus penser!... Ma tête
Est pleine d'un grand bruit formidable... — La fête
Devait être joyeuse et belle ce matin!

Je La vois, promenant Son sourire mutin
Sur la foule massée aux portes de l'église !
Le vieux chantre, branlant sa bonne tête grise,
La regardait marcher, venir, tout ébloui !...
Elle avait oublié tout l'univers, Elle !... Oui !...
— N'y pensons plus !... — La matinée était très belle !
Tout s'était fait splendide et radieux... pour Elle !
Oui !... Mais je suis certain qu'Elle n'en a rien vu,
Car tout est chant, rayon, parfum, splendeur, pourvu
Que l'on marche à côté de l'être que l'on aime !
— N'y pensons plus !... Je veux méditer un poème...

SCÈNE III

QUIJADA, SANCHO, Le Gardien.

LE GARDIEN, *à Sancho.*

Le voilà, faites vite !

QUIJADA, *continuant à rêver.*

Oui !... Je veux travailler !... —
Durant un mois, ils s'amusèrent à railler
Le misérable fou...

SANCHO.

Señor...

QUIJADA, *surpris.*

Ah !... Vous !...

SANCHO.

Silence !

Humblement.

Señor, pardonnez-moi d'abord la violence
Indigne...

QUIJADA.

Soit ! C'est bien ! N'en parlons plus ! Comment
Êtes-vous en ces lieux ? Pourquoi ?

SANCHO.

Mais... seulement
Pour vous délivrer.

QUIJADA.

Ah ! oui ! C'est une méprise
Terrible, et que je n'ai pas encore comprise !
Je suis heureux ! Je sors d'un songe affreux ! Merci,
Sancho ! Vous me sauvez ! C'était horrible ici !
Parmi ces malheureux ! Je sentais la folie
Dans l'air, autour de moi, sur mon front ! On n'oublie
Point de pareils instants et je n'oublierai pas
Que vous me délivrez, mon bon Sancho !

SANCHO.

Plus bas!

QUIJADA.

Pourquoi?

SANCHO, *d'un air mystérieux.*

Chut! — Mon beau-frère est gardien dans la place...

QUIJADA.

Que craignez-vous? Pourquoi me parler à voix basse?

SANCHO.

Chut! — Grâce à lui, j'ai pu, contre les règlements,
Pénétrer jusqu'à vous

QUIJADA.

Vous disiez : mes tourments
Allaient finir... j'allais être libre!

SANCHO.

Peut-être!
Mais laissez-moi parler! Vous devez tout connaître!

QUIJADA.

Oui!

SANCHO.

D'abord, vous savez, si l'on vous a mûré
Dans ce tombeau, c'est que la nièce du curé
L'a voulu!

18.

QUIJADA.

Ne parlez jamais sans respect d'Elle
Ou sortez !

SANCHO.

Enfin, soit ! soit ! Restez-lui fidèle !
Mais voici ce qu'on dit au village à présent :
On avait peur de vous. On crut en vous faisant
Enfermer, éviter des querelles... pénibles.

QUIJADA.

C'est impossible !

SANCHO.

Soit ! Les choses impossibles
Arrivent parfois.

QUIJADA.

Non !

SANCHO.

En tous cas, je crois bien
Que l'on veut vous garder longtemps ici !

QUIJADA.

Combien
De temps ?

SANCHO.

Toujours !

QUIJADA.

Toujours !

SANCHO.

La chose est évidente !

Il faut fuir !

QUIJADA.

Oui ! je veux... mais comment ? Leur prudente
Vigilance jamais ne se trouve en défaut !
Il faut fuir ! C'est très bien de dire « il faut ! » — Il faut !
Avez-vous le moyen ?

SANCHO.

J'ai le moyen !

QUIJADA.

Dis vite !

Hâte-toi, Sancho ! Parle ! On peut venir ! Profite
De cet instant qui peut ne jamais revenir !

SANCHO.

Ne vous agitez pas ! Non ! Nul ne peut venir !
Tous les frères sont là.

Il montre l'église.

C'est aujourd'hui la fête

Du Prieur, parlons bas, et quiétude parfaite,
Car, après le Salut, ils chantent *Te Deum.*
Nous avons un quart d'heure encore, au minimum !

QUIJADA.

Parle ! parle ! Sancho !

SANCHO, *montrant le gardien.*

Voici ! Sa femme est lasse

De ce métier qu'il fait. Il quitterait sa place,
Surtout si l'on consent à le dédommager...
Il peut vous laisser fuir, sans risque et sans danger
Tout à l'heure!

QUIJADA.

Comment?

SANCHO.

    Tous, et le portier même,
Seront au *Te Deum*. Vous voyez, le problème
N'est pas très compliqué. Quand il va commencer
Et que vous aurez vu, là, le portier passer
Pour se rendre à l'église, il vous suffit de suivre
Mon beau-frère, qui, d'un tour de clef, vous délivre!
Une fois dehors...

QUIJADA.

    Oh! dehors! La liberté!
Merci, mon bon Sancho!

SANCHO.

    Pour être en sûreté,
Vous viendrez chez moi.

QUIJADA.

Oui.

SANCHO.

    Seulement, il demande
Un dédommagement... une somme... pas grande...
Car il perdra sa place...,

QUIJADA, *hésitant.*

Une somme... d'argent?

SANCHO.

Oui... pas beaucoup... oh! non! Il n'est pas exigeant!
Mille douros!...

QUIJADA.

Hélas! Je n'ai pas cette somme!

SANCHO.

Un mot suffit, lorsqu'il s'agit d'un gentilhomme.
Vous la paîrez plus tard, quand vous serez dehors!

QUIJADA.

Je n'ai plus rien!

SANCHO.

Comment, plus rien?

QUIJADA.

Non!

SANCHO.

Mais alors,
Les cinq mille douros de la vigne vendue
Par vous?

QUIJADA.

Je n'ai plus rien! Cette somme est... perdue!

SANCHO.

Perdue! Est-il possible! — Oh! pardon — je vous crois!
Mais c'est que... je ne puis... il faut...

QUIJADA.

Porter ma croix
Jusques au bout ! — C'est bien ! — Merci pour la pensée
Qui vous vint de m'aider à fuir l'ombre glacée
Qui tombe de ces hauts murs noirs ! — Merci !

SANCHO.

Je vais
Tenter de lui parler pour vous !

A part, se dirigeant vers le gardien.

Moi qui rêvais
Que mon pauvre Alonso... Déception cruelle !

QUIJADA, *à part.*

Je ne regrette rien, puisque c'était pour Elle !
— Oh ! ces gémissements éternels, dans ces cours !...

Observant Sancho et le gardien.

— S'il pouvait consentir !... Tous ces gens, leurs secours
Sont à vendre... Il dit non ! La chose est naturelle...
Je ne regrette rien, puisque c'était pour Elle !
Je ne croirai jamais qu'Elle sache que l'on
M'a jeté dans ce sombre enfer ! Jamais !

A Sancho, qui revient.

C'est non ?

SANCHO.

Il consent !

QUIJADA, *avec joie.*

Il consent !

SANCHO.

Vous voyez que je plaide
Assez bien! Il consent à vous prêter son aide
Sans dédommagement. Oui! Vous n'en direz rien
A ma femme!

QUIJADA.

Ah! Sancho, merci!

SANCHO, *montrant le gardien.*

C'est ce vieux chien
De garde qu'il vous faut remercier! Mais comme
Vous tremblez!

QUIJADA.

Ce n'est rien!

SANCHO.

Calmez-vous!

A part.

Le pauvre homme

J'en ai pitié!

QUIJADA, *au gardien.*

Merci, Señor! Merci! Merci!
Dante avait oublié ce cercle d'enfer-ci!
Ces cris, ces hurlements, ces éternelles ombres,
L'air est plein d'un tumulte étrange d'ailes sombres...
Ah! voir le grand soleil mourir sur ces coteaux
Empourprés, autrement qu'entre ces lourds barreaux!
Merci! Je suis heureux! Je suis heureux!

LE GARDIEN, *à Sancho.*

Cet homme

S'agite trop

SANCHO, *à Quijada.*

Allons! du calme! Alors c'est comme
Je vous ai dit! N'oubliez pas! Quand le portier
Aura passé là...

Il montre le fond de la cour.

QUIJADA, *l'interrompant.*

Oui! oui!

SANCHO.

Prenez le sentier
Pour vous rendre à l'auberge. Évitez la grand'route...

QUIJADA.

N'ayez crainte!

SANCHO.

A bientôt!

QUIJADA.

A bientôt!

SANCHO, *à part.*

Je m'écoute
Beaucoup trop, enfin. Bast! C'est un si vieil ami!

Il sort.

SCÈNE IV

QUIJADA. *Dans le fond le* GARDIEN *se montre à intervalle après avoir reconduit Sancho.*

QUIJADA.

Ah! bientôt! Oui! bientôt! Je marcherai parmi
Les oliviers, là-bas, sur la colline rousse,
Et la brise du soir, compatissante et douce
Caressera mon front à travers mes cheveux!
Je veux mieux profiter de mes beaux jours! Je veux
Vivre au grand air! Aller m'asseoir au bord des sources
Qui chantent! Rechercher les sommets où mes courses
D'enfant aboutissaient, et d'où, dans l'air vermeil,
Je regardais voler les aigles au soleil!
Du haut de la Sierra la plaine où l'ombre glisse
A des tons verts et bruns pâles, de haute lice
Fanée! Et puis aussi, je veux aller revoir
Le bosquet où souvent Elle aimait à s'asseoir,
Sur le bord du torrent où sont les lauriers roses!
Oui! Là, je pourrai mieux me souvenir des choses
Qu'Elle disait! Que les platanes étaient verts!
Elle voulait toujours que je lise des vers...

19

Elle trouvait les mots d'une âme très profonde...
Et nous n'étions qu'à deux, rien qu'à nous deux, au monde !
Rien n'était vrai ! Rien ! Rien ! Elle riait de moi !
Elle riait à voir mon imbécile émoi,
Et tout était calcul, et tout était mensonge !
Cette pensée est là qui me mord, qui me ronge :
Ces beaux yeux, ces doux yeux, qui reflétaient en eux
Toute la pureté du grand ciel lumineux,
Lorsqu'ils semblaient au loin, de leurs larges prunelles,
Suivre sur l'horizon un rêve aux blanches ailes,
Ils songeaient seulement : Quels mots vais-je employer
Pour charmer ce vieux sot stupide et pour ployer
Au gré de mon caprice et de ma fantaisie
L'âme qu'en se jouant ma main frêle a saisie !
Rien n'était vrai ! voilà ! C'est bien simple vraiment !
S'il est si bête qu'il ne voit pas qu'on lui ment,
S'il est si bête qu'il ne puisse pas comprendre
Qu'on rit de lui, l'on peut — c'est bien simple ! — le prendre
Pour jouet et plus tard, on pourra le briser,
Quand on n'en voudra plus ! Voilà ! — Diviniser
Un être humain est toujours chose impie et folle,
Et Dieu se fait venger, tôt ou tard, par l'Idole !...
Qui me disait cela ? Je ne sais plus ! Et puis
Ce sont des mots, des mots seulement ! Je ne puis
Croire que là, du haut de son ciel, impassible,
Dieu me regarde en ce moment ! C'est impossible !
Un homme aurait pitié, s'il lisait en mon cœur,
Et Lui, le Tout-Puissant, l'Éternel, le Vainqueur,
Il irait employer son pouvoir formidable
A se venger d'un pauvre être, d'un misérable,

Qui s'est trompé de route en cherchant le bonheur!...
Ah! Ces fous pourraient bien chanter en son honneur!
Il existe pourtant!... Que supposer? Que croire?
Il sait tout. Il voit tout. Il comprend tout. Nuit noire!
Est-ce que j'ai jamais, moi, voulu l'offenser?
Ah! Quel supplice atroce et poignant, de penser!

Regardant par la fenêtre.

Quel immense terreur ces rouges crépuscules
Portent en eux!... Terreur!...

Un bruit de grelots se fait entendre. Quijada montant sur le banc qui se trouve sous la fenêtre, regarde au dehors.

Tiens! des grelots... des mules...
Un char... Il va passer au pied du mur... je vois
Très bien! Ils vont au pas... — Je connais cette voix!...
C'est Elle! Elle me voit!...

Criant au dehors, les bras hors des barreaux.

Oui! C'est moi! Dorothée!
Dorothée!...

Il quitte lentement la fenêtre après un long silence et dit avec égarement, d'une voix étouffée.

Oh!... Sa main, qu'Elle n'a point ôtée
D'entre les siennes! — Oh! Leurs deux fronts se joignant!...
Elle n'a pas tourné la tête, en s'éloignant!
Elle m'avait bien vu, pourtant, et sa prunelle
A gardé son éclat joyeux!... C'est vrai! C'est Elle!
C'est Elle! Elle! — Je n'avais pas encor souffert! —
C'est Elle qui m'a fait jeter dans cet enfer!...

Il tombe anéanti sur un des bancs qui garnissent le préau et

demeure le front entre les mains. Dans l'église l'orgue prélude.
Chœur des fous et des moines.

« Te Deum Laudamus
« Te Dominum confitemur! »

LE PORTIER, *au gardien dans le fond.*

Voici les clefs, je crois qu'il ne viendra personne,
Mais faites attention d'aller voir si l'on sonne...

Il entre dans l'église.

LE GARDIEN, *après quelques instants d'attente, frappant*
sur l'épaule de Quijada.

Éloignez-vous, avant que l'on n'ait pris l'éveil!

QUIJADA, *insensé et terrible, saisissant le glaive et le bouclier*
laissés par « le Guerrier » et marchant vers la fenêtre à travers les
barreaux de fer de laquelle on aperçoit le disque rouge du soleil.

Ah! Tu peux Te cacher derrière Ton soleil,
Noir géant! Ah! Tu peux semer d'astres sans nombre
L'impénétrable acier de Ton armure sombre,
Tu peux brandir la foudre en Ton poing colossal,
Tu peux Te faire aider par Ton hideux vassal
L'Ouragan, atteler à Ton char de quadrige
Aux crins fous des Vents, Tu peux, Te dis-je,
Chevalier déloyal, pour qui tous les moyens
Sont bons, malgré les lois et les us anciens,
Trahissant lâchement, les règles et les formes,
Charger Ta fronde avec Tes planètes énormes!...
Je n'ai pas peur de Toi, Géant! Je n'ai pas peur!...
Mon glaive, je le sais, n'est qu'un roseau trompeur

Et fragile, qui va se briser dans la lutte ;
Mon bouclier, le vent l'a troué ! donc suppute
Tes chances de victoire et viens ! mesurons-nous !
Tu ne me feras pas tomber à Tes genoux !...

LES VOIX DANS L'ÉGLISE.

Sanctus, Sanctus, Sanctus
Dominus, Deus Sabaoth !

QUIJADA.

Ecoute ! Tous ces gens ont peur de Toi ! Leur foule
Que Ton pied éternel dédaigneusement foule
Célèbre éperdument Ta gloire et Ta splendeur !
Oui !... Mais pas un de ceux qui, craignant Ta grandeur,
Se courbent devant Toi, se mettent à plat ventre,
Pour calmer Tes fureurs de monstre dans son antre,
Pour que Tu daignes ne pas trop les dévorer,
Pas un de tous ces gens qui disent T'adorer,
Si quelque cataclysme un jour brisait Ton trône,
De deux mots de pitié ne Te ferait l'aumône !...
Tu n'as pas su Te faire aimer, ô Tout-Puissant !...
Ceux que Ton char superbe a meurtris en passant,
L'épouvante les courbe, ô César, ô Tibère,
Et craignant Ton Enfer dont rien ne les libère,
Ils T'adorent par crainte, ils chantent par effroi,
Mais Tu n'es qu'un tyran qui s'est couronné roi !

LES VOIX.

Tu Rex Gloriæ, Christe !

QUIJADA.

Moi, je T'attends ici, debout, l'âme sereine,
Comme un gladiateur antique, dans l'arène,
Après T'avoir maudit, après T'avoir bravé,
O César, je mourrai sans T'avoir dit « Ave! »

LES VOIX.

Et laudamus nomen Tuum in Seculum
Et in Seculum seculi !

QUIJADA.

Oui! puisqu'il faut toujours que le plus fort l'emporte,
Prouve en me terrassant que Ta main est plus forte,
Que Ton immensité peut vaincre mon néant !...
Tu prouves seulement Ta lâcheté, Géant!

SCÈNE V

QUIJADA, LE GARDIEN, FRÈRES CÉLITES, ALIÉNÉS,
sortant de l'église.

LE GARDIEN, *à un des frères.*

N'approchez, pas mon Frère!

LE FRÈRE,

Oh! Le malheureux!

UN AUTRE.

Gare!

LE GARDIEN.

Un accès de fureur l'a saisi!

PREMIER FRÈRE.

Qu'on prépare
Le dernier cabanon au bout du corridor!

Plusieurs frères aidés de gardiens se jettent sur Quijada et s'emparent de lui.

QUIJADA, *se débattant.*

Ah!... Te voilà!... Maudit!... Tiens!... Tiens!... Encor! Encor!
Géant... Tu m'as vaincu!

DEUXIÈME FRÈRE.

Sa folie est méchante!

LA MÈRE, *à qui on rend la poupée qu'on lui a reprise avant de la laisser aller à l'église; la couvrant de baisers.*

Ma fille!...

QUIJADA, *riant.*

Chantez donc Sa gloire! Il faut qu'on chante!
Son grand bouclier rouge est là dans le ciel noir...
Il est vraiment trop fort, le lâche!...

Il se laisse tomber sur le banc près duquel on l'a poussé.

L'ARTISTE.

Quel beau soir!

PREMIER FRÈRE.

Est-ce prêt?

LE GARDIEN.

Pas encor!

LE FRÈRE, *à des gardiens.*

Vous, restez à portée!...

L'AMANTE, *caressante, au Persécuté.*

Est-ce que je l'aurai bientôt?...

QUIJADA, *avec un effort pénible, il a, malgré ses liens, tiré de sa poitrine un bout de ruban rose, il le regarde avec une douleur et une ivresse profondes, puis l'embrassant passionnément dans un sanglot.*

Ma Dorothée!...

Table

TABLE

Achevé d'imprimer

le treize juin mil neuf cent deux

PAR

ALPHONSE LEMERRE

6, RUE DES BERGERS, 6

A PARIS

3-5. — 3783.

BIBLIOTHÈQUE DRAMATIQUE

ALBERT DU BOIS. *La Dernière Dulcinée*, poème tragique. 1 vol. 3 50
CASIMIR BONJOUR. *Théâtre complet.* 3 vol. Chaque vol. 3 50
VICOMTE DE BORRELLI. *Alain Chartier*, un acte, en vers. 1 v. in-18. 1 »
F. COPPÉE. *Le Passant*, comédie en un acte, en vers. 1 »
— *Deux Douleurs*, drame en un acte, en vers. 1 50
— *L'Abandonnée*, drame en deux actes, en vers. 2 »
— *Fais ce que dois*, épisode dramatique, en vers. 1 »
— *Le Rendez-vous*, comédie en un acte, en vers. 1 »
— *Le Luthier de Crémone*, comédie en un acte, en vers. 1 50
— *Le Trésor*, comédie en un acte, en vers. 1 50
— *Madame de Maintenon*, drame en cinq actes, en vers. 3 »
— *Severo Torelli*, drame en cinq actes, en vers. 1 vol. 2 50
— *Les Jacobites*, drame en cinq actes, en vers. 1 vol. 2 50
— *Le Pater*, drame en un acte, en vers. 1 vol. 1 »
— *Pour la Couronne*, drame en cinq actes, en vers. 1 v. 2 50
F. COPPÉE & ARMAND D'ARTOIS. *La Guerre de Cent Ans*, drame en cinq actes, avec prol. et épilog., en vers. 3 »
F. COPPÉE & MÉRANTE. *La Korrigane*, ballet en deux actes. 1 »
RODOLPHE DARZENS. *L'Amante du Christ*, scène évangélique en vers, frontispice à l'eau-forte par F. Rops. 1 vol. 5 »
A. DAUDET. *L'Arlésienne*, pièce en trois actes, en prose. 2 »
— *Numa Roumestan*, pièce en cinq actes, en pr. 1 v. in-18. 2 50
AUGUSTE DORCHAIN. *Conte d'Avril*, comédie en quatre actes, en vers. 2 50
— *Rose d'Automne*, comédie en un acte, en prose. 1 50
— *Pour l'Amour*, comédie en quatre actes, en vers. 3 »
PAUL HERVIEU. *Les Paroles restent*, comédie en trois actes, en prose. 1 vol. in-18. 2 50
— *Les Tenailles*, pièce en trois actes, en prose. 1 vol. 2 50
— *La Course du Flambeau*, pièce en quatre actes, en prose. 2 50
— *Théâtre complet.* 2 vol. Chaque vol. 6 »
E. D'HERVILLY. *La Belle Saïnara*, com. japonaise en un a., en vers. 1 50
LÉOPOLD LACOUR & PIERRE DECOURCELLE. *Mensonges*, comédie tirée du roman de M. Paul Bourget. 2 50
LECONTE DE LISLE. *Les Érinnyes*, drame antique en vers. 2 »
— *L'Apollonide*, drame antique en vers. 1 vol. in-4°. 7 50
FRÉDÉRIC MISTRAL. *La Reine Jeanne*, tragédie en cinq actes. 1 vol. 6 »
MAURICE OLIVAINT. *Les deux Gentilshommes de Vérone*, comédie en cinq actes, en vers, d'après Shakespeare. 2 50
— *La Muse de Corneille*, à-propos en un acte, en vers. 1 »
ANDRÉ RIVOIRE. *La Peur de Souffrir*, un acte, en prose. 1 vol. 1 »
P. SCARRON. *Don Japhet d'Arménie*, comédie réduite en trois actes par Jules Truffier. 1 vol. in-18. 2 50
ANDRÉ THEURIET. *Jean-Marie*, drame en un acte, en vers. 1 »
G. VICAIRE & J. TRUFFIER. *La Farce du Mari refondu.* Un acte en vers. 1 vol. in-18 2 »

Paris. — Imp. A. LEMERRE, 6, rue des Bergers. — 5.-3783.

www.ingramcontent.com/pod-product-compliance
Lightning Source LLC
Chambersburg PA
CBHW070509030726
47503CB00004B/1214